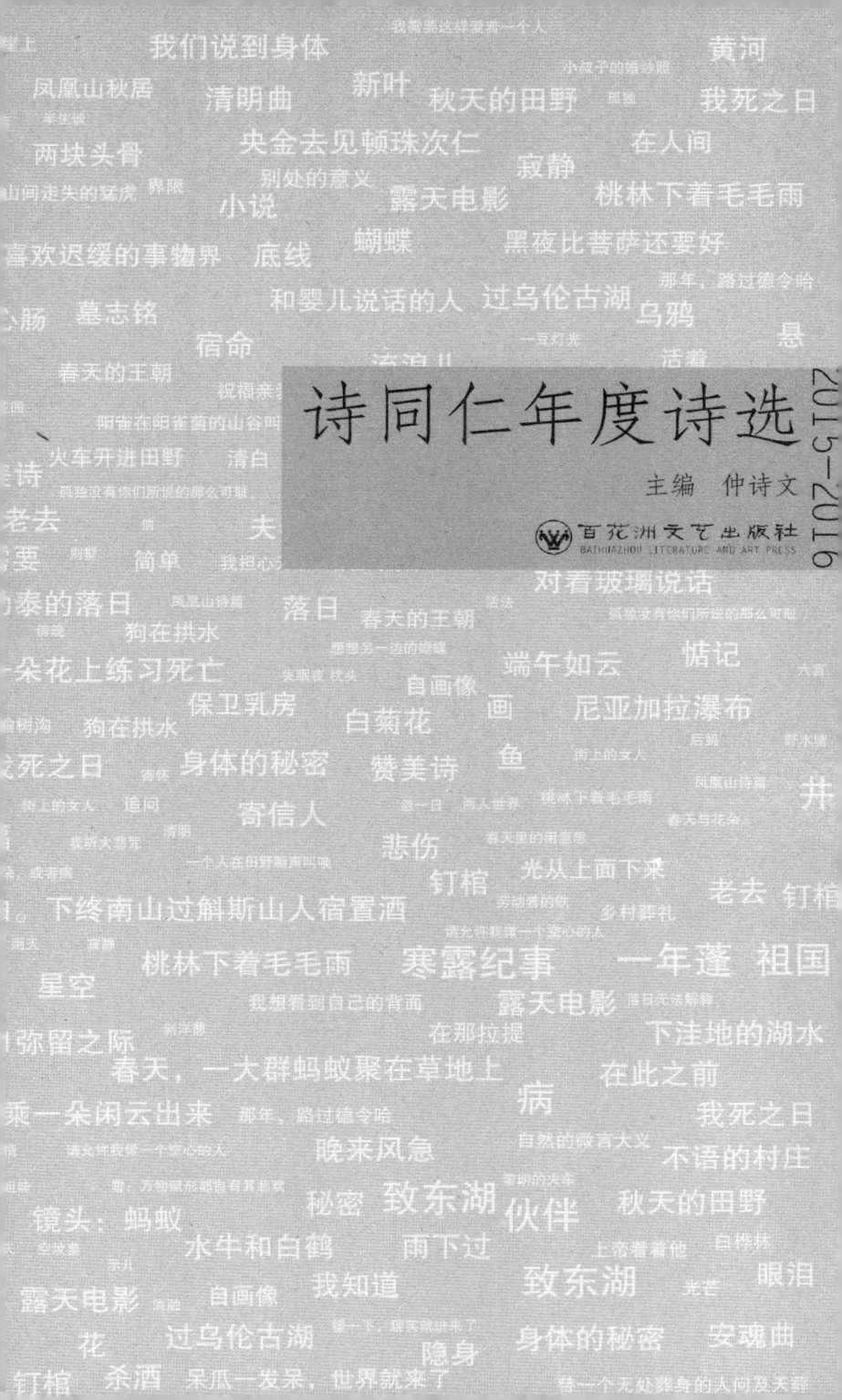

诗同仁年度诗选

2015-2016

主编 仲诗文

百花洲文艺出版社
BAIHUAZHOU LITERATURE AND ART PRESS

《诗同仁年度诗选》编辑委员会

2015—2016 诗同仁年度诗人提名诗人

康　雪　黍不语　严　彬　江一苇　江湖海　熊　曼　张小美
龚　纯　樱小桃　霜　白　一　江　米绿意　呆　呆　小　葱
李　敢　苏若兮

2015—2016 诗同仁年度诗人获得者：康雪

颁奖词

　　康雪有这个时代难得的诗歌语言艺术的磨砺精神，当纷至沓来的意象和与意象相联系的情感，进入康雪的诗歌之中，经过细致剪裁和精密加工的句子，各自找到属于自己的榫位和铆位，于短小的篇幅和小容量的空间里闪转腾挪，而又显示出不露匠痕的控制力。康雪诗歌颇得深度意象精髓，与中国古典美学保持血脐之连，这在漠视传统、花样百出的当下，尤其难能可贵。有鉴于此，诗同仁将2015—2016 年度诗人颁给**湖南诗人康雪**。

获奖感言

　　上天厚我。在诗歌上，我一定程度的孤傲、偏执、理想主义，成全甚至保护了我身体里的那个小女孩。她被允许不长大，被允许天真任性有自己的童话世界。而真正的人世，何其辽阔、艰难，我的笔真的太小了。我只能允许自己，不心怀天下，但一定要怀有良知——有良知地活，有良知地写。感谢诗歌，感谢同仁，我会更努力。

　　（康雪）

2015—2016 诗同仁年度诗人获得者：熊曼

颁奖词

　　熊曼的诗或立足于日常，或切入人性，均超越性别，显现区别一般女性的旷达与幽远，建立起自己的一套趣味和美学。她时而锋利沉思，时而敦厚贞静，时而灵委婉转。不管在哪种范畴里的探索和建构，她均不断尝试、更新自己情感表达方式，且保持了在这个世界的温度。有鉴于此，诗同仁将 2015—2016 年度诗人颁给**湖北诗人熊曼**。

获奖感言

　　我愿意向别人敞开，前提是对方令我感觉安全，可信赖，或有那么一点点喜欢我，至少不是讨厌我。很庆幸在诗同仁遇到了这样一群朋友。我们一起切磋诗歌，也谈其他的，相互学习与促进。诗歌是我偶尔的灵魂出窍，是一个自己与另一个自己的对话，我享受它带来的宁静、内省、开阔、震颤、羞愧与黯然神伤的时刻。（熊曼）

2015—2016 诗同仁年度诗人获得者：霜白

颁奖词

　　在日常和终极之间，霜白侧身而过。他的诗歌，时而化剑为犁，时而化犁为剑。他从没有刻意在一个题材上消磨自己，他俯仰万物皆诗。在诗中，他捕蝶、捉鬼、养心。有鉴于此，诗同仁将 2015—2016 年度诗人颁给**河北诗人霜白**。

获奖感言

　　我写下一个个方块字，正如我搬动一块块石头，混合着体内的血和盐分砌筑进我的命运，这是挽留也是塑造，它使我的生命变得坚实而又完全。写诗，也是我以有限之身向广阔的未知和无限之物的问询、冒犯和召唤，因此每一行诗都是一级台阶，它们将我的每一步置于永恒之中。感谢诗同仁，感谢各位评委在众多优秀的诗写者中，把年度诗人奖这个荣誉授予我。在我周围有很多低调而优秀的诗人，他们是我学习的榜样，他们都应该获这个奖。谢谢大家对我的肯定和鼓励。（霜白）

2015—2016 诗同仁年度贡献奖获得者：吴晓　窗户　仲诗文

目录

c

e

失败书

毛子

扎西说，诗，还是少写为宜。
是的，写来写去，无非是小天赋，小感觉。
无非生米做成熟饭，无非巧妇
做无米之炊。

月亮在天上，写不写
它就是古代的汉语。
它爬进云层，就像王维进了空山
山，在他那里，就是不见人。

我有一个拍纪录片的朋友
他去了一趟西藏，待了数月，却始终没有打开镜头。
他说，哪怕打开一点点，就是冒犯，是不敬。
是谵妄中的不诚实。

谢谢这样胆小的人，持斋戒的人。
谢谢他们在一个二流的时代
保留着一颗失败之心……

六言

张二棍

因为拥有翅膀
鸟群高于大地
因为只有翅膀
白云高于群鸟
因为物我两忘
天空高于一切
因为苍天在上
我愿埋首人间

听雨

张建新

洗好碗筷后，我穿过细雨
去看母亲，这两天
她肠胃不适，浑身乏力，
两天了，只吃了几口稀饭，
她说，人哪，到这个年纪
是该死的时候了。
我想安慰她，话到嘴边
又忍住，母亲今年79岁，
在她面前，我的安慰
多余且轻浮，我只须
听着就好，就如同静静听
外面的雨洒在新长的树叶上，
父亲独自远远坐着看电视，
我们说的话仿佛和他不相干，
他耳背，听不见母亲的轻叹，
他们吃了一辈子苦，
大半辈子都在争吵，
为此，从小我就对父亲
多有怨恨，对母亲多有不解，
现在我似乎明白了，他们
只不过习惯在一起听听
这人世间简单又粗暴的雨声。

半生谈

徐立峰

经常，在我挣扎了半辈子的桌前，
我写人生的无意义。

借助一扇窗户，
观察天气，及远处山势
无尽起伏里的绝对。
感到一切皆有可以阐释的余地。

四壁环绕我。门，书籍，
灶台，炒锅和水池，
刀面上，蔬菜的青汁拼成的图案
——都在命令我安静。

深居于此，我饱尝
钟表里漫长的旅程
每天赋予茶水和玄想的苦味。
是啊，这多少有些伤感。

有时爱上自身的孤僻，
没什么理由，初恋那般纯粹。
清风那样顺从自己的意愿。

有时听音乐。把巴赫
塞入锁孔，试着化解日常的荒诞剧、
悲与哀，集散无常的形式。

有几位挚友，住在城市各处，
为生计各自忙碌、衰老。
各自搬运着各自的货物，
忘掉才能，更加认清各自的处境。

唯酒后状态最佳，暂时，
摆脱了镣铐，自由出入
彩色的童年。肯定或否定，
满饮虚无之杯里让人耽留的部分。

醒来，听到繁星与山脉。
未尽的时日多么开阔。
睡在我身边的女人呼吸多么沉稳。

时间是山间走失的猛虎

圻子

夏天的寺庙是一片倦怠之乡
神住人间。生与死停靠于崖壁与瘦松下
暮鼓和晨钟是两条船，漂泊在时光的
河流，灵魂、肉身相互取暖
每天的霞光，把鸟雀叫醒

一个身影
起身，去捆扎枯枝——
那些丢弃的睡眠
溪水的裙裾在缝缀花边，浆果掉落
时间是山间走失的猛虎，已经很远了
猛虎的叫声渐弱
去年，悲伤没有灰尘，欢喜没有脚印
月光，在寺庙晃动不停

在山崖上

江西布衣

在这儿往上看，是更加辽阔的天空
白云漫步，大鸟翱翔

在这儿往下看，是越来越小的苍生
森林似草丛，人群如尘土

哦，对于波澜不惊的一生，我要保持
平稳的呼吸，以及适度的晕眩

界限

霜白

只有浪花击打着河岸
只有不安分的翅膀冲撞着牢笼
只有深爱着的人最孤独
他和她忍受着被割裂的阵痛
他们在彼此的映照中找到自己
只有病疼敲响了一个人身体的钟声
热烈的心摩挲着衰老的冰凉
岁月在给灵魂加码
它丰富着，喧嚣着
拍击着肉身的疆域
这宿命的界限，这冲不破的樊篱
那广阔而无限的神秘之物
牵扯着一场场冲突和暴动
一次又一次的较量
一首短诗又在形成
他反复修建和布置着词语的边境线
身体之茧下沉
他用他的一生在上升

墨面

薛松爽

我将硕大头颅缓慢转向尘世
我不能称为孝子。母亲已长睡
父亲独居，背影孤独
一个无雪之冬，我忙于治疗
女儿的近视，妻子的散光，自己不断加深的飞蚊症
我知道雪会从春天下起，一直到盛夏
我自清点猪头和乌鸦
转身。相遇夹缝，悬崖
落日无边，而我是向日葵
有泪水可以转化
我已变得成熟。从什么时候起
我面对世界的脸开始变黑

字典

郭红云

随便打开哪一页
都难免令人陌生的
它们夹杂在我
早已熟视无睹的
那些字里行间
或繁或简
或褒或贬
这部字典我已
翻动了无数个来回
但许多的字
我还不认识
如同我所租住多年的
这个叫着梅苑的小区里
每天进进出出的人
虽常谋面
而不知晓姓甚名谁
就像某些字眼
因其生僻
我一次也不曾用到过
至今为止
他们的生活
从来没有被我
在任何一首诗中提及

我喜欢迟缓的事物

宗小白

我喜欢夕阳中的一对老人
衣着朴素、整洁，坐在公园长凳上
他俩或许是一对金婚夫妇，或许是
前世宿敌
都不重要，重要的是
此刻他们平静地望向湖面
一位老人从布包里取出几粒药丸
颤巍巍地递给另一位
而另一位不知是出神还是什么原因
过了半天才伸手去接
递药的老人一点也不着恼
眼睛里含着平和的光，好像在等
一个孩子慢慢长大

边界

范剑鸣

山峦，只以山峦的形式展开
河湾以河湾的意志回旋
那水边的鸟一再地叫
像清风繁殖着清风
星光垂下，献给无名的植物
我知道此刻，屋舍，灯火
以及生死间尚有余欢的畜生
都是它们自身，一如造物主的原意——
只有我，一首民歌的聆听者
迷失在清澈的夜色中，试图发现
人作为人的边界。像一架夜航的飞机
把引擎的轰鸣布满寂静的苍穹
从而隐匿了形体，成为音符

在人间

陈玉荣

我在路上行走
你也在路上行走
我们方向不同，各自行走

没有什么开始
最后的，也不是最后

在这路上走，不小心
会踩上前人的脚印
这路上，有多少脚印
就有多少轮回

有人中途拐上了山
山上有多少落叶
那些孤坟就有
多么留恋人间

黑夜比菩萨还要好

廖江泉

我都卸下了你见惯了的面孔
我都卸下了一身尘垢的衣服
我都卸下了心长出的枝枝蔓蔓
现在我是一个纯粹、干净
低级的好人，蜷缩在黑夜里的
孩子，这多么好，黑夜多么好
黑夜比菩萨还要好
睡眠跟菩萨一样好
不用祈祷，那么多人
都变得简单，像转世的星光

别处的意义

李建新

你摄走了我内心的酵母
然后，将一枚楔子安插我脑中
去别处
在别处，我藏着刀
不敢划破十月秋风

橙子、花生和另一个你
散落面前，无从下手
我只是用牙，咬开一瓶啤酒
泡沫，乃圣化之物
下面，是忧伤之事
都在空杯里

杯中夜，短如一瞬，也长过冬至
油彩和香水浮着漂着，夹存
浩瀚岁月里
溢出涟漪和风雷

而我，丢失的那根引线
埋伏别处

菩萨心肠

李不嫁

菜市场的女贩子
杀鸡前，总要把鸡抚摸得安静
不让它受惊吓。她是有菩萨心肠的

压在地震废墟下
用最后一口气给婴儿喂奶的女人
她是有菩萨心肠的：吃过人奶的不会变成狼

在强拆现场，被铁棍暴打，遭电击的
那几名留守妇女，
也是有菩萨心肠的
她们的惨叫声里没有诅咒，只有对凶手的悲悯

我的母亲也是有菩萨心肠的
皈依基督时，只听她喃喃自语：
菩萨，从今往后，你要自己保佑好自己

墓志铭

康雪

很久以后，才觉得这是个好地方
梨园的小路，在黑夜里像铺满了雪。
周围无数梨子成熟的声音
夹着战栗。我清楚地看到了它们
——死亡就是缓慢地
向甜蜜靠拢。
可为什么恐惧？每一条夜路都抵达
被伤害的自己。
但当真正地沉睡，墓碑也像落满了雪
所有经历的痛苦，都变得朴素。

洪水

张小美

洪水从围栏里放出来之时
鱼的眼睛忽然睁开。奔逃的人民
被大水追逐，往返于另一只眼
静静的注视中。

太快了，从崩溃到重建。浪花急于拍打
用喧嚣抚平喧嚣。
亲爱的，我们经历的创痛都是这样
来不及死，就已被光荣地生。

为一个美丽新世界
时间比洪水更急迫

春天的王朝

龚纯

我几乎快要疯掉，东方的春风
吹开了桃李，却又在撕碎杏梅的裙裾
我朝轰轰烈烈的春天
危在旦夕。

我脑子里，装满古老的痛苦
已经两千年了，这世上这么多条路
都被无路可走的大臣无情地走着——
我恨不能吃了他们，洋芋，山芋，土豆。

我恨不能不认识那些分裂后
远去宇宙的闪电。一座又一座山头
逐渐被忽大忽小的雨点
拿了去。

接着出现被抛弃的感觉，我的天啦
我真乃孤家寡人！我的灵魂里养着一颗
孤苦无告，左右不是的灵魂，它还强烈要我
去否定，去肯定

陈元秀、李煜那种满含热泪的平静。

直白

津渡

为了接近你，我更换身份
为了安抚你，我剔除个性。
为了验证时光的苦味
我们一起生活多年。

活过那些岁月吧
比你的耐心还要长。

为了一副棺材
我在银行里开好了户头。
为了死后不被嘲笑
我们阴险地留下了后代。

蝉翼

李建春

我在啦。早已在，但感觉还是刚刚到。
我活于此地，只一瞬间，便乘蝉翼降落。
这个夏天的鼓噪，隔着帐篷，
网兜似的亲向我，然而我还是
在众树和凉亭之间，打盹的那位。

我是清凉的血。我是恐怖
投于湖面的影。我已遥远。
多少面镜子，像书页翻过，哗哗。
现在还需要什么？轻悄地立住。
在每个方向上像在大道口，光光。

我委身于黑暗的事物

吴投文

我委身于黑暗的事物
我委身于失乐园里的闪电
我委身于一个慢镜头里的荒凉
我委身于一个背影里的乡愁

我的命运无人问起
我唯有一身青衣裹住一万年的河流
那是脉管里流动的泪水，冲走干干净净的巨石——
我唯有身体，唯有身体里的草木之灰

爱，是小满之后的灌浆

王法艇

夏天的第二个节气是小满，是充满想象力的女性
她比一场没有预谋的爱还要纯粹，甚至和春风一样浩荡
比雪花深厚，羞愧秋天的田间
相爱的小人啊，凄迷的眼神是无法探知的深潭
亲，这就是小满，她按部就班，她需要一场阳光的灌浆
虽然，青谱雨水倾注，像预谋而来敌人
把所有的火焰浇灭，她知道，比雨水还要汹涌的是小小的泪

小满，小满，你的亲人是我和芒种
你发育良好，漫不经心的阳光如此沉溺
我只要一把细如闪电的镰刀，让埋伏在九月的眼睛失明
小满，必须跋山涉水，我们的情感渺小的如同谷雨
我要的是大雪无声，靡靡泱泱

阳光一寸一寸铺陈，细沙一般的堆积
芒种之前的小满，在无边的荒原舒展诱惑
该如何印痕她的渴望和期待
小满，五月的赤焰燃烧之后
一地的雪白，是我最好的纪念
包括，不顾结局的爱情和殷勤的红唇

在海淀教堂

王家铭

四月底，临近离职的一天，我在公司对面
白色、高大的教堂里，消磨了一整个下午。
二层礼堂明亮、宽阔，窗外白杨随风喧动，
北方干燥的天气遮蔽了我敏感的私心。
——我不确定自己是否用对了这些形容，
正如墙上摹画的圣经故事，不知用多少词语
才能让人理解混沌的含义。教会的公事人员，
一位阿姨，操着南方口音，试图让我
成为他们的一员。是啊，我有多久没有
参加过团契了。然而此刻我更关心这座
教堂的历史，它是如何耸立在这繁华的商区
建造它的人，是否已经死去，
谁在此经历了悲哀的青年时代，最后游进
老年的深海中。宁静与平安，这午后的阳光
均匀布满，洗净了空气的尘埃，仿佛
声音的静电在神秘的语言里冲到了浪尖。
这也是一次散步，喝水的间隙我已经
坐到了教堂一楼。像是下了一个缓坡，
离春天与平原更近。枣红色的长桌里
也许是玫瑰经，我再一次不能确定文字并
无法把握内心。我知道的是，
生活的余音多珍贵，至少我无法独享
孤独和犹豫。至少我所经历的，
都不是层层叠叠的幻影，而是命运的羽迹
温柔地把我载浮。此刻，在海淀教堂，

我竟然感受到泪水，如同被古老的愿望
带回到孩童时。或归结了
从前恋爱的甜蜜，无修辞的秘密的痛苦。

阳雀在阳雀菌的山谷叫清明

张远伦

你如来我的村庄，我会用泉眼看你
左泉枯涸，还有右泉

你如来我的村庄，我会用连枷抽你
青篾断了，还有黄篾

你如来我的村庄，我会用噪声喊你
孤豹死了，还有独狼

你如来我的村庄，我会用山梁困你
出了垭口，还有隘口

而我，多么害怕你来了
我的村庄，空无一人

你迷信的，终将是虚无，是消亡
是我的名词，而不是肉身

只有斑鸠还在斑鸠草的上空喊春水
只有阳雀还在阳雀菌的山谷叫清明

哑巴，别来
别错入这死寂，别歧路于晚境

宿命

米绿意

抬头看在夜色的烘衬下
更显洁净的玉兰
才发现下起了零星的雨，

像命运如影随形。
它是一个判断：你永远不会爱上
做什么都对的人
而是愿意陪你犯错的人。

因为你不能摆脱
只有让你痛苦才能给你快乐
这个宿命。
——好比，接受了黑暗
才能让夜空给你更多安慰。

野水塘

敬丹樱

除了水草。心里什么都没有
你投进石子
便有了慌不择路的小鱼，有了想把事态闹大的涟漪

白云蹲在水底看热闹
你也是

火车开进田野

仲诗文

一列火车经过田野
开进了人民中间
嘿，悲伤的人
火车哈气的声音属于春天
火车咣当咣当的声音也属于春天

我突然有了要跟随的想法
我突然有了独霸一方的想法
娶一群女人
生一群孩子
我是自个的爹，我当自己的王
嘿，悲伤的人
杀身成仁、埋骨于此真不是什么坏主意

春天来了。我有喜欢的人民
种喜欢的种子，开喜欢的花，结喜欢的果
春天心甘情愿来到我们中间
东一片，西一片
我随手就指认给了你们
嘿，悲伤的人
快来领受，你为什么还要悲伤

赞美诗

窗 户

一个人沉默久了
就不想再说话
就像不说话
也有很多声音
就像寂静无声
也有很多话

一个人走太长的路
路就会替他走下去
就像火车停下来
铁轨还在飞驰
船靠岸了
水依旧勇往直前

一个人
有时就是一世界
就像一片叶子掉下来
就是一位亲人离去了
而他哭了——
月亮就是他的一滴泪

孤独没有你们所说的那么可耻

田铁流

人来人往的街头，与仅存的名字
相拥而泣。孤独——

远没想象中那么美丽，但也绝不是
你们所说的那么可耻。我只是

害怕成为合唱中唯一的秩序
害怕听不到母亲唤我的乳名

我只是担心自己的影子，一旦被你们
死死踩住，再也无法跟上孤独的脚步

清白

熊曼

祭拜完亡人后
女人们捡拾起悲伤
去了田野。一小片白花
和更多叫不出名字的绿
安慰了她们

年轻的男人们，相约着
去了从前的水库
水面安慰了他们

他们分别带回，鲜花和鱼
花被插进瓶里，供奉起来
鱼被洗净剖腹，躺进锅里

他们围坐着，像从前那样
品尝熟悉的味道
味道安慰了他们

没有人说话。暮色涌进来
栀子在开放，香气和虫鸣
安慰了他们

寂静

一江

走到阳台上
她依次褪下裙子，丝袜
内衣，短裤

洗衣机开始轰鸣
她光着身子在客厅
擦拭家具

没有开灯。
月亮慢慢爬进来
她的头发，她光滑的后背
微翘的臀。

她跪着。
一寸一寸移动。

沙发上再也没有那个
被她呼来喝去的人
烟灰缸一直空着

把衣服晾好。接下来
她要把自己冲洗干净。

一切都像新的。
房子，家具，地板，她。

今晚。
她多么需要
一个贼

老去

海灵草

小草黄了。在雪下笑出声来
树叶落了。在泥土里笑出声来
如果，上天允许我自然老去
我要在接下来的日子里
笑出声来

被星光包裹的小小阳台
被花草喂养的小小任性
我如此简单。但世界允许我抒情
多么幸运。上天赐予我多大的幸福

那时我头发白了。牙齿松动
爱人，我可能更加迷恋窗前的旧藤椅
可能摇着摇着，那杯水就
晃动起来

请原谅。我把老去设想得如此浪漫
我从现在开始，就豢养一棵树
左边的枝子给你。右边的枝子是我的
它们长啊长。我们老啊老
有一天，它带着我们吃力地爬上山头
我们带着它，离笑声很近
很近

信

柯桥

母亲把我从大岭背寄出
或者更确切地说
从她的身体里寄出
但母亲并不知道要把我寄往哪里
要寄给谁
我只好在尘世中漂泊
我不知我的一生要经过多少驿站
也不知最后要抵达什么地方
我只是希望有人在信封上写下：
查无此人
退回原址
并盖上人间的邮戳

孤独

李文武

哦！孤独
我厌倦了孤独
厌倦了——
一个人在黑暗的地球上叹息
仿佛疲惫的旅人
不知道敲开
哪扇门

活法

贺予飞

他们蹲售于菜市场卑污的角落
他们大包小包挤睡在火车站的广场
他们在医院骂骂咧咧，嚷着回家，太浪费钱

世上有太多东西让他们下跪
他们不善言辞，只会重复仅有的几句体面话
他们祖祖辈辈守着老规矩，劳碌一生

我以为风一吹，他们就四散凋零
没想到他们竟像南方的一场雪
过了一夜
便可接纳所有雨水的敌意

凤凰山诗篇

宋朝

登山的时候，不见凤凰，只见白云
下山的时候，不见凤凰，只见流水

流水石上行
孔雀还在安静。木栅栏，一根一根细藤
像迷恋，也像厌倦

也像等待一个人。一月长亭草浅，麻鞋湿了
十二月风寒月白，不适合开屏
发出啾啾之声

鱼

五点

每天领受
神圣的经文
同时遭遇
真实的敲打

面向佛像
不过如此
并肩众生
不过如此

它是一条
咬住信仰的木鱼

傍晚

吴晓

天空踏在脚底。游荡的云如风。
不知不觉已是祈祷者的傍晚。
菩提树阴影的岸上朝圣者如云。
一道原鸽的行迹在薄暮中清晰可见。

时间的帷幕落下，你的心灵呈晨状。
有圣洁之水如丝将月光组合成温柔之梦。
而你紫葳的脸似潮汐，
于夕阳之晨你结识许多陌生的面孔。
蕨果摇晃的时刻你在写作，
语言其实就是一种时光。你看见它下坠，
向晚的珙桐使人苦涩。

或许一个人是无能描绘傍晚的，
亦如无力描绘告别。所有风景
都因黑夜而捏碎。有心道引人走出直觉。
天空于脚底显得多么狭窄，
冰凉的晚钟穿过一片圣地笼罩下沉的落日。

别墅

江湖海

一只山羊
在屋角嚼着干藤
一群泥鳅
在玻璃缸中喝酒
一树秋葵
在小园子里打盹
我被主人
请进山边的别墅
和二十个
一同被请来的人
把山羊和
泥鳅秋葵吃完了

需要

缪佩轩

进入黑夜
万物的活力和欲望
已被太阳掏尽、带走
我们的身体也被掏空
一场大风，在探听消息
夜空的液汁闪着光，在缓解
我们碰触到的果实
将一座森林打开。从起风
到看见巨大虚空里的灯盏
并非徒劳的寻找
我们呼喊的回音，被森林确认
收容。太阳已沉入大地
而我们，不仅仅需要
有个遮雨的屋顶

在一朵花上练习死亡
——题李勤一幅摄影作品

阿樱

死亡那么久那么美
死亡那么薄那么动听

用甜蜜的爪深深挖掘
死亡就是醉在花蕊里

丢弃昨夜的红宝石
丢弃身形瘦小的火苗

连阳光也怂恿死亡
它们行进在白日的旅途

终有一天我会轻松无比
在碧绿的风中做一只飞蛾

我需要这样爱着一个人

黍不语

他也许很老，但足够温柔
也许长居远方，但说见
就能见。

多数时候，我们只在文字里
爱得
死去活来。

我们偶尔写诗。偶尔
爱上多才多情的诗人。也偶尔
被别人爱。

我们对每一个被对方赞美过的异性
心存敌意与醋味。而后分别被时间
和自己说服。

我们偶尔也烦厌，生闷气
在对方面前和别人调笑
为写诗发愁。

当他再写不出好诗的时候
我跟他说，去吧
去和别人相爱

狠狠地爱。

我需要这样爱着一个人
不断地，反复地悲痛，幸福
热泪和欢笑。

以此安抚，和延续我
短且执拗的一生

我担心无法应答世间的苦难

王志国

小寒夜，不见风雪漫卷
亦不见故人远道而来
只有敲窗的细雨，滴答，滴答……

每一声，都那么绵长
仿佛旧历里的疼痛
正在找寻，妥帖的安放之地

今夜，雨水冰凉
闪着微微寒光，仿佛上天
在给我们传授一种新的技艺
抵抗时间的流逝和亲人的苍老

小寒夜，炉火旺盛
跳跃的火苗蹿动着向上的力量
像要脱离尘世的纠缠

围炉而坐的光阴正在把一个人慢慢变老
八百公里外的寒风从电话那头吹过来
两年未见的兄长，颤抖的声音里
飘着茫茫大雪
我木然地拿着手机半天不敢回话
在亲人的死讯面前
我担心，我找不到合适的语言
应答世间的苦难

对着玻璃说话

江浩

占据了我的生活
——相框，茶几台面，落地窗
锅盖，盛油盒，表盘——
但你，并不为我存在

时常的擦拭，也不是为你
为你举行的洗礼。就像此刻
透过你，欣赏着泛起光芒的樟叶
在风尖上飞舞。屋内，风平浪静
冷气像小狗，只舔了舔你的脸

有时你那么脆弱，一声惊讶
再无过多言语。你不在乎
包进纸里或扫入簸箕。流淌着
懊恼与悲伤的，是我

从不羡慕。从不炫耀你的
姿态，硬度以及花色。像个士兵
固守着阵地

我总要干些力所不逮的事
血管里，翻腾着破碎后的你
你可以融化，融化成另外一个你
而我不能

我知道你，并不反对或在意，倾听
就像不反对或在意，装饰，搬运和改变
如果可以，请在反面
涂满水银

想想另一边的蝴蝶

苏若兮

像我一样，它带着自己漂亮的影子
在春风里波动
颤颤的，翩翩的，自由的，多情的……
春风啊，够狠。

我信它受着本能的鼓舞
要投入花朵。花朵们
姿态各异，胸怀甜蜜。招摇，仿佛
就为了迎合。

是啊，为了一个春天
大家都在把景色展开。陆续地
解着冻。看——烟火处的女人疲惫
孩子欢欣。
我们的村庄和星辰
在夜晚，和我们一样寂寞，坚忍。

劳动着的铁

程向阳

那些铁轨上奔跑的铁
以铁的燃烧和激情
看见其他的燃烧和激情
包括生的铁熟的铁
流汗的铁流泪的铁
五月的鲜花盛开
铁器与铁器也在碰撞中盛开
昂扬的笛声
一头撞开了夏天的大门
许多被人忽略的事物
包括铁的任性铁的柔情
都随着诗歌里铸铁的文字扑面而来
今天 我以我的痛楚和快乐
感受到其他的痛楚和快乐

流浪儿

聂权

用粉笔
在水泥地上
画一个妈妈

然后蜷缩在她的肚腹中睡去，像
依偎着她
也像仍然在她体内
舍不得出生

简笔画的妈妈
那么大
她有漂亮长发、蝴蝶结
有向日葵一样的圆脸庞
和弯弯笑眼

凋零

桑眉

他们是这么描述寡妇的
要么如槁木死灰却百世流芳
要么如春风荡漾但惹人轻贱

季节太畸情
去年把前年的果又结了一遍
今年把去年的花又开了一遍
她却要在年年春天哭红双眼

有什么法子呢?
她喜欢在灰烬中种植星光
在春风中安插杀手
有什么法子呢?
她既热爱美名
又热爱春天

他一生只死一次
她却要在一生中每一个美好的时刻
（无数次）怆然死去……

保卫乳房

唐果

他们都在认真听讲
惟独
我没有
两只乳贴先后滑落
我低头
在地上寻找
可它们
却被衣襟兜住

我把左手伸进 T 恤
把乳贴摁上
为了让它粘得更牢
我用手掌
拍了拍
还用手指
压了压

会议室掌声如雷
原来，他的长篇大论
已如数倾倒
他的眼光移到
没有贡献掌声的
我身上

我慌乱地

从衣服里抽出左手
"啪啪啪"
手掌拍红
而乳贴，依旧歪斜

失眠夜·枕头

落葵

脑袋扎根于枕头，浮生漂泊于尘世
枕头中的荞麦壳不复麦科植物的香味
它曾骄傲于枝头，包裹着浑圆的果实
含有丰富的水分
后来扬荡于谷场，乘坐卡车颠沛在路途
被烈日炙烤，入机器除湿
最终拘于棉布之中
再一次与人的汗水重逢

央金去见顿珠次仁

还叫悟空

央金牵着一只羊，翻过一座雪山，来到一个小镇上
她要把羊卖了，买新衣服
她要穿上新衣服，去见顿珠次仁
一个上午
她都没把羊卖掉
她的羊太瘦了，她的羊太丑了
太阳西斜的时候
央金牵着羊，往回赶
那只羊太不听话
总是跟不上央金的脚步
有一阵儿
它还扯着绳子，不肯走
央金拉姆生气了
她掏出小刀子，杀死了它
她吃了一块羊肝
她把羊皮披在身上
她想好了，她就披着这块羊皮，去见她的顿珠次仁

忽一日

小西

庙外，闹市。
耍猴的，被猴子骑到头上
吹糖人的，苦着一张脸
算命的，爬到高树上挂旗子
他专注于旗子，大于命运。

天还没黑，庙内的白玉兰
忍不住，一片片剥开了自己

夏天的田野

宋雨

父亲去世时
我 13 岁
当时我还不懂
生死是怎么一回事
只是觉得
我在外面时
父亲在家里
我在家时
父亲在外面
有一次和发小
坐在夏天的田野上
讲故事
我们和旁边听故事的人
都很快乐
突然有人问我
你怎么也笑了
这样是不对的
当时我忘了问他
什么时候
我可以笑

星空

太白酒桶

"在某个未知的时间，从某个一直对我们
秘而不宣的源头——"
这安静的，喧嚣的
布景台，令人昏昏欲睡的
支离破碎的图画
赋予大地一贯的明静
和清澈，并滋养它
痛苦，寻觅
饱受煎熬的心灵
当我再次仰望，俗世的欢欣与落寞
无论生，还是
死，在此刻
都必将与你碰撞成巨大的裂痕
这往生自在之物
向我，向你，向着这大地上的所有投影
向日渐贫瘠的心田
倾泻你母亲般
辽阔的安慰

李白·下终南山过斛斯山人宿置酒

燕窝

从碧山下来
天黑透了，敲钟的人
坐在木鱼里睡去
我不能敲响的寂寞
比身体更深
我询问过的水
都被收藏起来了

比我，一只薰香的瓶子更适宜
收藏你的柔软

我投宿的田家
夜里，风吹过巍然不动的时间
倒映碧山的寒光

我必须上路了
这一生，我追逐宿醉的美酒
追逐夜光的杯
握着杯的美人
我抚摸这大好男儿的
七尺青锋

用力回忆着
你站在我身体里像一支不断回跳的秒针

耳朵，或者病

灯灯

晚来无雪。东窗梅花不开。
你有旧疾
我有新病。

一整年，坏消息从梅枝涌进窗口。
一整年，我的耳朵装满消音器。

而鸟鸣不是。
鸟鸣带着翠绿的山水
使梅花
开放成无数的耳朵

——你也会心神领会
也会从书页中起身
看见窗外：
人间美好
月亮在树枝上骨折。

在此之前

阿峰

一只眼睡了。
另一只也睡了。
这都是心碎之后的事。

再过几年，
不用流星划过，
我就知道命运的另一面。

站在广场上。
那喷泉
像是无水可喷的样子。

但又不能就此称之
为枯干。
我担心我也会置身其中。

这令人想到
上帝水一样透明。
且昨天和今天都是透明的。

乌鸦

严彬

爱伦坡并不想杀人。他的读者中有庸众、圣徒和凶手。
乌鸦在午夜寻找死者的音讯——哦,不,是尸体的香味和哭声。
为一个多嘴的舞台剧批评家默哀吧!说起死得其所,他也不算无
辜。
为一个杀死舞台剧批评家的凶手默哀——谁也难逃一死。
愿他尽快找到有文身的女佣,偷看继母束胸掉落的抄写员……
悬起钟摆切开侏儒的腹部,愿他死时喷出红色地图。
在一个浓雾升起的早上,市长的化装舞会开始了。化装舞会
每个人都有跳舞和接吻的机会,直到夜色降临,敲门声没有响起
谁又能真正关心自己的命运?下一个死者是谁?

爱伦坡并不想在油灯下杀人。他的读者是女佣、抄写员和市长千金。
乌鸦在午夜寻找死者的喉管——不是约翰、爱丽丝、卢克和布莱丹。
不是任何人。
是你自己。

祝福

潘桂林

我仍然选择慢。选择在绿皮列车上
在隧道与隧道间看清
明暗交替
枯草，也有高高站立的身影
水田里被齐刷刷割断的稻草苑
放下了稻穗
在阳光下打量水中的自己

再一次经过那株银杏树
那片摇曳，坚持了三个月的叶子最终还是
放下了——树枝和天空
那些木屋散落山脚，山腰
黑瓦片和蓝炊烟点燃了
祝福
祝福芭茅，蒺藜和褐色松果
祝福尘灰和独行的孩子。祝福老人
无论在火塘边还是堂屋的画像上
向阳处还是背阴地

祝福雪。在远方，在旷野
亲吻岩石和荒草

街上的女人

雪慈

水泥街面裂开一道缝隙
妈妈蹲在街口吃午饭
一手拿馍馍，一手小心地接着馍渣
更多的妈妈在逛商店
格外小心地避开她
也有少女穿短裙，很干净的样子
橱窗外唇红，橱窗内齿白
她们走在这条老街上
和那条裂缝一起
慢慢长大，长出妈妈的样子
她们的笑声和抱怨声
在风中缓缓流动

我死之日

关子

火车穿过黑暗的隧道
婴儿在啼哭
新人交换婚戒
高寿的老人摆喜宴

我死之日
枯枝折断，灾难的词没有丝毫损伤
扯不断的悲泣像子弹穿过风中
在世界的每个角落晃荡
地球转动无声

我死之日
感觉冷，骨头会变轻
爱着的，已经没有力气狠狠
爱，恨的已经不再永别

我听大悲咒

阿步

坐在黑暗中
我听大悲咒
走在大街上
路边的杨树
把金黄的叶子
落在我身上
我在听大悲咒
傍晚时分
西边天空已经红透
麻雀从头顶飞过
落在电线上
我在听大悲咒
坐到餐桌旁
喝了满满一碗红薯玉米粥
我在听大悲咒
饭后一支烟
我在听大悲咒

其实，我听不懂
我只是想听
躺在床上闭起眼睛
请求佛祖原谅
我还在听大悲咒

在秋天

那勺

正午，他醒了
把洗衣机里的衣服一件件拽出来
披在窗外的钢丝绳身上
再过一年
就四十了。他还是喜欢
睡晚觉，以及睡梦里那些弥散情欲的女人
这没有什么不好，他觉得
秋天，秋天的阳光
走到那儿都一样：懒散，干燥
和呆滞。他安静地靠在阳台上
抽烟，发呆，把身体里的另个人一千遍杀死
他没有挪动身子
他知道，只有阳台能给他带来
母亲般的温暖和抚慰
况且外面也没有什么更好去处
在秋天，秋天
走到那儿都一样
瞧，树上的叶子只剩一半，都是黄的
枯草边，那几个小屁孩
只知道每天挥舞着手中蓝色的塑料条带
用力抽打各自旋转的陀螺
这其中也有他的儿子
再远些，就是小区的大门
保安们穿着笔挺的制服，几乎共一付面孔
向进进去去的小车立正
致敬。

惦记

城西

他们谈起你的时候
我无动于衷
我起身，离开杯盏的包围
拂帘时多了些醉的痕迹
多年以前，是啊，多年以前
我好像努力地忘淡了
我已不再年轻，不再
攀着春风，急急追问
我只需要片刻安息，闭上眼睛
星辰仿佛在倒流，
仿佛从来就不曾改变

画

林非夜

夜里
才能听到孤独的脉搏
无边的空旷里
我是最大的静物
携带着寒风，骤雨，发热的双唇
站立，从来的时候就没想过离去

沙尘带来一个未接受洗礼的人
臂弯里，有背叛的火种
他审视。眼睛亮如星子，把静物撕下
他知道画架后面，另外一幅完全相反的画

他脱下戴得很低的帽子
胡须沾染着一点红色的墨彩
雪地太白，太亮
那个穿着臃肿的女人正慢慢地走来
这一切和昨天多么相似
他笑了
没有办法去触及的两颗心
仿佛可以，赤裸相见

春天与花朵

杜国锋

想起桃花我就笑了，想起樱花我又笑了
想起蜜蜂即将采蜜，燕子衔泥
学步的女儿追赶一只蝴蝶
一只蝴蝶在追赶另一只蝴蝶

暖风追赶着暖风，花朵追赶花朵
脚跟还残留风雪，脚尖已触到果蕾
风拐过墙角，抵达灵魂的秘境

想起女儿我就笑了。想起女儿已会奔跑我又笑了
一切关于春天的事物正在聚拢
花朵向蜜聚拢，蝴蝶向蝴蝶聚拢
燕子向巢聚拢
风路过屋檐，拂去蛛网和蒙尘

寂静

雁鸣

一个漫长的冬季
窗外，雪一直下
我们围炉对坐
不读诗，也不说话
火苗舔着水壶
发出咕咚咕咚的声音
醒着的时候
你劈柴，我泡茶
或者温一壶酒
倦了，我们背靠着背
昏昏睡去
——爱与死亡
都在时间之外

一个人在田野嘶声叫唤

李敢

许多日子，他的肚子是空的
初冬的田地，萝卜青白着，灰灰菜有些微的苦涩
鸟卵在枝杈上
风吹横河坎，树枝杈在夕光中晃荡

那个站在田埂上叫唤吃饭的人
她不是你的老娘
打猪草的女子背着烂背篼，蹲在河边上，她不是你的姊姊

早晨，一群汉子走在河坎上
晌午，一群汉子走在河坎上
现在是傍晚，一群汉子黑着脸，走在河坎上

沙土微凉。汉子和婆娘在夜晚赤脚，走在横河岸坎上
拖着一些老不死的人
汉子的一只大手拽着他们的儿子

清明

王屹

好大一个场子
从城市到乡村永生在尘土下的先人
苟活在尘埃中奔波的后人
他们阴阳相隔
他们择今日相聚
他们说乡村都荒废了
他们说城市面目太可憎
家常话说了整整一天
等下一个黎明
先人在乡村坚守
后人逃往城市
他们阴阳相隔

祖国

罗铖

给我秤，我就轻
给我诺言，我就卑微

给我一棵草，我就是露水
而你给我的总是针尖与麦芒

在这旷世，我容易悲伤
容易掉眼泪，容易弯下腰聋哑

祖国太大，小小的站台上，三个民工被阻止上车
因为他们的身体，像他们手中的蛇皮口袋——

巨大的臭，挤压着光芒中的人群
巨大的臭，挤压着祖国敏感的嗅觉

而那三个民工消失的背影，恰如教堂上的尖顶
当公车开动，向后退的是整个世界的冷与硬

必须借助悲悯才能凌越悲悯吗
祖国，向日葵也会向大地袒露身体里的黑与红

祖国，本着良心，宽恕和赞美
每一行汉字里都有缄默、渴念和疼痛

落日无法解释

小葱

哦，三角形的、长方形的、椭圆形的
各种身材的落日，横亘山水之间

活到一定年龄的植物们见多识广
比如香樟、枫杨
这两日，我们总是暮晚出门，隐私都被偷窥
道德和情感：眼前新旧两座浮桥

没有落花，从对面山顶走下来指路。我们幻想出
最圆满的未来，又随时准备好将其置之高阁

热烈又犹疑的云呀，爱与不爱，是个大问题
但选择恐惧症，终会在逐渐消逝的光芒里，变得轻盈无限
我们拥抱着，落日风头，零星闲语
暗暗模仿前人，许下再见和莫忘初衷的誓言

后妈

张 然

三周年
给父亲立完碑
辜姨小心翼翼地对我们说
以后想和你爸
葬在一起
你们看，行不？
大哥想了下
说，这个要回去和其他几个兄弟姐妹
商量一下
或者找一个阴阳先生
算一算
看看八字
合不合
辜姨坐在公墓旁边的石凳上
双手夹在双膝间
低头轻轻应了声
哦

剥洋葱

唐小米

姑姑在剥洋葱
洋葱让姑姑流泪
洋葱因为开不出花委屈了一辈子

剥去旅居地、迁徙地、暂住地
姑姑要剥出洋葱的籍贯
剥去死掉的丈夫、打工的儿子、走失的狗
摔碎的鱼缸
姑姑要剥出洋葱的命运

一层一层，不停地
姑姑，像在掘开自己的坟
像要越来越快地
挖出自己

在这个村子，这个午饭时辰
有多少人在剥洋葱？
有多少人像姑姑一样
不停的
流着泪

雪：万物赋形都自有其悲欢

陈克

不敢操弄思想的细分术，
我已检视，万物赋形都自有其悲欢。

不敢坐入久寒之物，结冰，削骨，
在临虚处高蹈。
纵然，明知人世的幸福不可久持，
明知，两鬓早扎入它尖细的银针。

仍不敢放任，一种针芒继续往额顶攀缘，
骤举疼痛，指证神的缺席。

我只能以轻扬之姿，缓叙，祈使，
遥遥指示你看：
那无边雪色，仍在点燃缕缕梅香，
一个隐身黑夜的母亲，乳边
仍泊着初心的童谣。

过乌伦古湖

张予

我从不迷恋任何事物
一切都是虚的
如果虚构筑了真实
那我必须相信它是蓝的
必须相信山有尽头
草地也有尽头
鱼有了牛羊之欢
才配得上水的爱情
如果这些仍不足以铭记
那就赐它以悲剧
让它渐行渐小
干涸成阿尔泰山的一滴泪
让每一个赶路的人驻足
在一瞥中闪现浮生

示儿

江一苇

当有一天
我离开这个世界的时候
不要为我诵经
也别为我立碑
就用我的旧衣服
扎个稻草人吧
让我立在麦地里
看着麦子一次次倒伏
就像是替我说出
一个草民
踉踉跄跄的身世

杀爸爸过年

孙成龙

腊月十八
二狗子的尸体
从工地运回
亲人们手忙脚乱
给他剃光头
修胡须
刮体毛
洗身子
……
他的双眼
一直没有闭上
它们
正透过门缝
看着他三岁的儿子
哇哇大哭
我不吃肉了
我不要杀爸爸过年

安魂曲

秋若尘

我想好好地活着
好好地
写一封信
不一定让你看到，不一定写给你
万物有隐喻
万物可替代

让我想想，要如何将我饱满金黄的一天
呈现给你
我的偏头疼、抑郁症、咳喘和旧疾
苍老的手
难以治愈的眩晕和偏执

第一页纸上要写些什么
对于过去的一切
已无可留恋
我不想制造更多的响动

接下来，日头可以升得更高一些，天更蓝点
植物们可以尽情地开花结果

第二页上，我要注上名字，写某某
某某，中原的麦子就要收割
大地要空下来
这转瞬即逝的空白，就要被我填满

缓一下，现实就进来了

张兹旭

醒来时
总有几秒钟的时间
在想，我这是在哪啊
天上，人间
家乡，异乡
国内，国外
是生，是死……
缓一下
现实就进来了

上帝看着他

任旭东

在一条本地新闻里
我看到了我
有些憔悴 面目模糊
一眼认不出来
像看到一个陌生人
他仿佛
在另外一个时空
或者异域的小城
他在无声地说话
伴随着大量的手势
在浓烟前
和当事人交谈
配着主播
冷静的画外音

哪怕他下一秒
在镜头中死掉
我都会觉得
与我无关

钉棺

陈润生

杉木。30 年以上树龄。
长势旺盛，无刀伤。
无雷劈，无空心。

天枰，长七尺。
尾，宽一尺二，高七寸。
头，宽一尺六，高一尺。

棺底，长七尺。
宽一尺八至两尺，一至三块拼成。
厚，四至七寸。

橡子，长七尺。
高，尾七寸，头一尺。
厚，三至四寸。

椤枹，呈梯形。
以天枰宽窄为准，下放五寸。

钉棺忌用钉。
整体消息滑槽，内外光洁。
刷生漆，棺材钉好每块组件两头呈椭圆形
整体形状如黑莲盛开。

匠人须请信得过之人，钉棺过程中勿胡言乱语。

钉棺须择日，配合天干地支，五行八卦。

嘿！板斧猛然斜劈棺木，木屑飞多远
主人子孙发多远。

两人世界

西娃

你爱我的时候，称我
女神，妈妈，女儿，保姆，营养师
按摩师，调酒师，杜冷丁，心肝……

你想念我的时候，叫我
剧毒草，银杏，忍冬花，狗尾巴草
罂粟花，冷杉，无花果，夹竹桃……

你饥渴的时候，唤我
肉包子，腊肉干，口语诗
无限水，三级片， 荞麦面

你恨我的时候，骂我
疯婆娘，白痴，破罐子
岔道，烂瓦片，泼妇，贱人……

我都答应，都承认——我都做过
在你的面前，经常或有那么些时刻
当然，有更多的名称，你还没说出来

乘一朵闲云出来

刘义

阳光翻出院墙，从小树林
沙沙漏下，风推门而入。
窗前，一碗盛着古今的清水
足下，一根草芯探出万物成毁之机

换你了，引山阴之溪直灌屋内
用风雷之手雕一条松枝
（那迷人的木纹，是光阴的指痕）

和你不同，我只夹陶诗一册——
乘一朵闲云出来
一脚将文长踢回明末
然后一跃上现代餐桌。

光芒

林珊

灰斑鸠停止了歌唱
天空低垂着惺忪的眼睛
整个清晨，小路弯延，云朵干净
风一直在吹，一直在吹

哎，这满山的寂静是我的
裸露的枝头是我的
摇晃的蒿草是我的
四顾茫然的露珠是我的

昨夜，你垂下的肩膀
盖在身上的星辰
——也都是我的

露天电影

呆呆

露天电影带来我的小男友
我是脏兮兮的女孩，黄头发里住着一窝麻雀
那男孩。他说他叫卢斌，住在村西
他父亲叫卢耀祖，是个大英雄

会开拖拉机
会钻火车。挑着笼子卖鸡仔，他给我吃茴香豆
五分钱一包
我们还挤到那神奇的
沙沙转动的机器前面，看那胶片上的小人

被弹到白荧幕
看那些小人走路说话，杀人放火，革命革家
有一次。我们跑到荧幕背面：什么也没有

只有几株野槐树
顶着白茫茫一头槐花
之后，是宗祠。水渠。田地。坟墓河流和山丘
它们也在走路说话，杀人放火。热气腾腾
人们用一块白布
隔开了它们

花

南方狐

大雨在伞的外面
形成栅栏
一大片移动的栅栏
雨水
在屋角和地面
在脚背上开出花来
我在栅栏里走动
走到哪里，花就开到哪里
现在我来到父亲长眠的地方
为他带来了一个花篮

流浪汉

素贞

站在树下，他不停地挥动右手
"劈死你……劈死你……"
暴力与凋落如孪生
人行道上，冬青树的花絮密集降落
是什么样的愤怒
才可以让一个人如此痴迷破碎？
所有的路人绕道而行
一只流浪狗冲着他狂吠
欲冲前，又夹起尾巴嗷嗷退去
树隙间阳光流动缓慢
没有谁知道
此时他又想将空气分割成什么
他的手挥动得越来越快，最后
腰也跟着起伏
有时躬近地面
有时挺直冲着树顶怒骂
这是棵开花的树，树冠像雨伞一样
遮阳，甚至为他褴褛的衣裳染香
多少次，它们像雪花般轻飘
让我置身虚无与渺远
渐渐地，他累了
黝黑的脸不再痉挛，长须也不抖动
席地而坐，他拍了拍肩头
开始一朵朵拈去外套上的花穗

宽恕

李满强

请原谅西关市场里那个宰羊的屠夫
他一次次，不停地向那些睁大了眼睛的羔羊
送出油腻铮亮的刀子
只是为了给上小学六年级的孩子
换取没有一丝羊肉的晚餐

请原谅那根山坡上探头探脑的冰草
在春天的大幕还没有正式拉开，花朵们
还没有完全占领这个世界
他不是为了告诉谁，春天将卷土重来
他只是想看看正在生长的天空，云朵和
一夜之间耸起的群山

请原谅一个在春天里背井离乡的人吧
当他怀揣青草的盘缠，一步一回头
消失在火车站南来北往的人群里
你要相信他头顶冰雪，不是妥协
仅仅是出于
对生活的敬畏

今天

白月

孤儿不应参加任何一次试验
孕育和长跑

需要新事物
但别让她怀上好奇心

孤儿要与荣耀保持距离
要与过去未来、幸福，保持礼貌

镜头：蚂蚁

付显武

更多的时候是一粒米饭在搬动光阴
在熟悉的黄昏
一粒米饭顶着暮色慢慢回家

蚂蚁只是安装在米饭上的轮子
蚂蚁只是推了幸福一把

老虎

周瑟瑟

它向我扑来
久别重逢的老友
我们紧紧拥抱
它高大的身躯
兴奋得站起来了
前腿趴在我肩上
头左右摇摆
我们的脸贴在一起
那种喜悦无人能比
我的老虎
想念啊彼此的想念
迎来今天的拥抱
你的舌头滚烫
舔着我的脸额
这是幸福的一天
我们的感情
超越了人与人之间
肮脏的爱

井

文西

我们累了，就躺下来歇息
我们饿了，就种植谷物
我们渴了，就在石堆里掘井

许多年后，平凡的事情都被遗忘
只有落叶浮在水面
偶尔会跳进去一只名叫"船老板"的飞虫
它觉得正活在人的遗产里

有人生病的时候，比如患上
疟疾，痔疮，流感，才会有女人说
去拿瓢来，去井里舀口水喝
人们感到被赦免，纷纷拨开井上的杂草

我们的身体逐渐衰老
但水中的倒影依然年轻，静止不动
我们在井旁打扫，如同祭祀

寄怀

侯存丰

她在灯下寻东西，桉木的气味，
也是桌子的气味，从发芽，到搬进这座屋子。

她就一直在找。当初，厅堂宽敞，
织衣缝鞋之外，余下的布，用来糊窗，
来到窗前，她就看到她的男人，赤着脚板，
把肥料和斧子丢在院落一角，围着树转。

那旋转的身影，使她看着觉得心里空落落的，
从此，她就开始了寻找，无论白天，黑夜，
甚至在月光爬过床头，照见绣针愈发细亮的时候。

危石

纳 兰

我说出线圈，木乃伊身上并未通过战栗的电流
紧箍还在。
我呼唤念出咒语让肉身疼痛的
僧侣。但谁是那位掌握救赎技艺的人？
斧头、百草枯，
若不能成为改良和医治的词，那锋利
和毒性，
也只能瞄准自身。
我像是我口中说出的话语，
但我什么都还没说，我还没有从我的口中诞生
还没有学会如泉声咽下危石。

雨天

五里

雨又来光顾穷人的屋顶了
它们在屋顶上踮着脚尖
给穷人家的孩子带来了更多的快乐
他们倾听着雨点声醒来或入睡
或站在屋檐下伸出小手接住摔下的水滴
或在细雨里追跑……
记得小时候，只有在下雨天
父母才有待在家里的可能
雨天就像上天的弥撒
雨点摸顶后的万物发出欣喜的亮光

请允许我做一个空心的人

雨倾城

这些天，我望见的
都流往天上。城墙、石头、荒草，头顶上
越走越急的茫茫大风
这些经霜的事物，洞悉史册里帝王将相们
所有秘密
它们爱着，笑着，和我说起山河破碎
尘世漫长
十月的脸空远辽阔无情地美着
说着说着，眼泪一滴一滴手拉着手跑出来
我还能待多久。
放下生死、懊恼、明天，请允许我做一个空心的人，
一会儿在坡上大醉
一会儿在午后相忘

春天，一大群蚂蚁聚在草地上

陆辉艳

在召开一个重大会议。一开始
它们激烈地讨论，众多的腿代替手
举在空中，争取发言的机会
它们各持己见，似乎谁也
说服不了谁
渐渐地，会场开始骚动
蚂蚁们纷纷站起来，有两只
甚至穿越会场
面对面，甩着大脑袋
用我听不懂的语言，用我
听不到的声音
粗鲁地喊着什么
就这样，我看着它们
无声地争辩，直到它们的会议
解散，一只只跨过小沟，各自
奔往自己的去处。我想起一个
频繁穿梭于南城的人
蚂蚁一样，总喜欢
用生活之外的语言，跟我
打哑谜，押注我的命运
将我推至这个春天。这个下午
一大群蚂蚁聚在草地上，聚在我
乱麻一般的生活里
开了一个我不知情的会议
这让我看起来更加孤单，可疑
像个怪物，站在春天的暮色中

替一个无处葬身的人问及天葬

臧海英

青海来的赵雁说，天葬师的刀是沿着骨缝走的
秃鹫，是跟着死尸的气息飞的

赵雁走后，我小心地摸了摸两条肋骨之间的缝隙
那里容得下一把刀，也容得下一对翅膀

黎明的火车

马永波

深夜里的火车汽笛声
不知从什么地方传来
隐约，低沉，近乎叹息
断断续续的，隔很久
才会传来同样微弱的呼应
像寂寞的守夜人隔着山谷闪一闪马灯
附近没有车站和铁轨
车站远在紫金山的北面
而且还隔着偌大的玄武湖
这些日子，火车声更加清晰了
它们越过日渐稀疏的梧桐树顶而来
像白霜一样颤栗着
黎明的出发和别离
也总是蒙着霜的
譬如在家乡的末等小站
黑漆漆的月台上人影绰约
远方的颤栗从铁轨上传来
火车大睁着巨眼，呼哧着白色蒸汽
奔跑到面前，突然停住
那时我年少，陌生的远方，兴奋
黎明前的黑暗和冷
而今黎明的火车
却让我如此犹豫着不愿醒来

眼泪

金黄的老虎

关于眼泪，现在想来
我祖母的教导是别致的
　"眼泪是金贵的，身为男子
你的金豆子，更不能随便扑簌于地。"
意志里面的力，孩提时代
我们实在无法太多具备
一不小心，就撒落了一粒又一粒
　"我的眼泪，要是落下
就会用针一颗颗挑起来
放回眼睛里。"
祖母难得地露出她坚毅的神色，继续说道
然而眼泪的流淌，我总归是
越来越不能赞同她
我历经的各种各样的哭泣
不单单绘出我情感世界的山川河流
它们还使得我内心一点点地积攒着光明

姐妹

衣米一

我送黄色碟片给她
因为她说寂寞，而且从没有体验过快感
我送泪水给她，因为她说明天必须哭，而她的泪水已经不够用
我送刀给她，用于刮骨疗伤
我又送一个男人给她，告诉她这个男人是可以爱的

几年后，她将这些一一归还给我
黄色碟片，泪水，刀和男人
她说她现在百毒不侵，足以对付整个世界

关于爱情

宇舒

她不去参加他的葬礼
他也不去参加她的葬礼
他们各自，安静地死去

其实没有任何人死
要死也只是每天
死一点的那种死

堵车的时候，我就
趴在车窗拍金黄的树叶
这无法制止的枯萎，真美

羊

向阳

有时候，它会低下鼻唇
去嗅一嗅
身边的石头
生长石头的地方，不生长草，但有阳光的味道
它跪曲起四肢
卧在石头边
偶尔，它也会抬起头，看一眼
前面那片草地
那里
有它的妻子，和儿女

不语的村庄

艾茜

村子里的老人们在弥留之际
总是做同一个动作
先张一张嘴，再把想说的话
带到土里去

年幼时，井中常闻蛙鸣
从来没有一只青蛙的叫声
鸣得过春寒交替

繁花未尽，青蛙就老了

可眼前 青山正壮
篱笆还围着嫩绿
明明村庄还没有老去……

一张桌子的距离

曾真

正好。
茶水的温度刚刚好，交谈的
语速刚刚好，
微目养神也正好。

光从你脸上移过，后面是
飘着檀香的街道，
来来往往的人群，不疾不徐。

雕栏外，老洋槐身上的刺也柔软了，
正好一阵轻风吹过，
从我到达你的距离刚刚好。

寄信人

邱宇林

写好这封信
我用了十年
从买好邮票的柜台走到邮筒
只要十步
我却止步了

信已融进了时空里
化作尘埃点点
收信人还留在几度空间
我并不知晓
我只把我的心安放

端午如云

李小惠

春天，屈原在节日满腹惆怅
有点疲倦
木桨划过水面
号子落在对岸，百年沧桑的观龙楼

门边挂着艾草、石姜、点燃的蒲烟
粽子悬挂在窗棂
虫子不说话
等待一朵野百合的开放
端午如云
米亚从一个城市飘向另一个城市
天黑之前遁回家中

天上地下，万物风流
她喜欢在半麻醉的状态下
只想他
仿佛什么也没有发生

蝴蝶

洪健栋

她只是一只蝴蝶
会飞进花丛，飞上树梢
和鸟巢的蝴蝶。她只是不小心
从我面前简单经过了一次

但她振翅的模样
像海洋。一朵花在水面上
接受烈日的追逐和喜欢
哦，我也多么喜欢

她年轻时的愿望
仅仅是在院子里看麻雀
麻雀多么小，多么大
她飞翔时多么高，多么矮

她从屋檐上走过的春光
从风筝线上停留的时光
哦，多么宽，多么长
一切多么宽，多么长

必会有看穿这一切的
佛祖、耶稣、玉帝，一切
向善之心的人必看穿
她老去时，烈日宽厚的折皱

她老去时，树从叶子开始枯黄
她老去时，秋天从九月开始缩短
她老去时，天空从云朵开始掉泪
她老去时，大地迎来蜕皮的一天

她只是一只蝴蝶
会飞上树梢，飞进花丛
和大地的蝴蝶。我只是不小心
从她的坟头简单经过了一次

秋天的田野

楚河

云朵在天上
谷物归粮仓
即使这样
秋天的田野
并不是什么都没有

一阵秋风
一些曾经被茅草
遮掩的墓
一两个走着走着就
不见了的人

那卡坪的苞谷熟了

那子溪

走在庄稼的小路上
挥挥手，我检阅那
起伏的十万颗苞谷

像一排排列队的士兵一样
挂着胡须的苞谷，军容严整
精神抖擞。也在欢迎着我

走上前，下掉了一个士兵的枪
它就低下了高贵的头
每一粒苞谷，都是一颗子弹
饱满，沉甸，黄铜色

金银花香的黄土路上
迎面而来的大爷，深深地躬着身子
挑满苞谷的肩上，仿佛
挑着一担金子

望着他那沧桑，平和，子弹色的脸
突然觉得，人生没有那么复杂

悲伤

陌上吹笛

鸟飞着，鸟是天空的一部分。
树绿着，树是夏天的一部分。
风吹着，风是奔跑的一部分。
雨下着，雨是记忆的一部分。
我写诗，和看不见的灵魂对话，朝黑夜扔石头。
在山谷数星星。
在梦里哭。
我悲伤——
我爱着，我不是燃烧的一部分。
我走着，是消失的一部分。

我知道

蒲丛

我知道
最美的雪下在寺庙,下在松林里
我也知道
最冷或最暖的雨下在心里而不是身上

我们重复着一个又一个春天
体验发芽和长苔藓的过程
又在信笺里断章取义
明亮,总是稍纵即逝
只有等待,让我们截获了流水与鸟鸣

窗外,我的三月正在飘雪
而你的三月里必然会有
一台录满鸟语花香的收录机
日复一日替回忆记录
一场又一场的雨事,花事

水牛和白鹤

梁山

白鹤的弧度是最美的航空路线
翅翼滑过河面，在牛背上降落，上升
十二只白鹤不一定对应十二头水牛
十二头水牛一定能召唤十二只白鹤
用高倍望眼镜看得清楚：
白鹤正在一次次啄食铁钉
一样贪婪的牛虻
其实，我和你的关系就是水牛和白鹤的关系
牛虻成千上万，我都想哭了

下洼地的湖水

高粱

微小的版图也存在未知的事物
下洼地边陲的湖泊，当我遇上
我惊喜、惊慌，甚至惊恐
仿佛它是我身体中的漏洞

活生生的湖泊，在下洼地
我还要用上震惊。
没有人和我谈起过它
没有人给它命名

这一锹一锹挖出的湖泊
看上去却是头脑一热的产物
泥土胡乱堆放
没有留下一条通向湖边的道路

这一面湖水从未灌溉过土地
也从来没有人饮用过

这深绿的湖水，绿得发黑，看不到水底
它的水位不升不降，看不到一条游鱼

下洼地，这熟悉中陌生的一小块
我尽收眼底，它的神秘却无法破解
一：没有人敢到湖中游泳
二：我没有办法抽干它

隐身

黄小线

溪水拐弯，蝴蝶转身
市井里有辩论，一声比一声低了

飞翔的鸟，任何一次鸣叫都属于你
但它刚刚消失的身影属于我

黄昏也不一样：你刚点亮了灯
就看见我走进了黑暗

晚来风急

阿水

满满的泡沫，像柳絮
乱飞的春天
乱飞的你们
乱飞的笑话
乱飞的狐狸
乱飞的葡萄
我傻傻的，笑了一次又一次

雨下过

傅蛰

雨下过，
桃花纷落。田野里
濡湿的小坟，越发得瘦小，
好像小女儿家的乳房
在重新发育过。
荞麦青青，黑油油的，不久将开出白花，
乌丝将生出华发。
一两个祭拜的少妇，白字的青纱
还在臂弯里戴着。
她们弯下腰身，点着草纸，
好似姐姐，长发及腰，
往门下的大锅灶里添柴。

那年，路过德令哈

草川人

戈壁深处，只有风在吹。羚羊躲进了半寸睡眠
九月。月光下，云朵藏雪

听见的，看见的
只有空旷，和更深的空旷里溢出的河声

星空寂寥。……远古——
这里曾有森林，河流，湖泊，绿草

而此刻，只有灰白的石头
守着更远处旧的城，等待着
已经老去的一代石油工人

转身时，发现有一堆野牛骨头
闪着惨白的亮光

突然想起，被我遗弃在春天的那场初恋
有一种忍不住的悲伤

那年，我二十八岁。星辰缓缓隐去时
从兰州开来的火车，带我一路向西，再向西

我们说到身体

林火火

我们说到身体，说她在夜色里第一次
打开。说她的瑟瑟发抖、烁烁生辉的骄傲以及尖叫
像一场大雨倾倒，大地给出的喘息
像风里张扬的水，像一滴水，含着的泪光

说她是被遮蔽的部分，用来赞美，也用来疼痛
说，谁正在远道而来，谁又生生世世将她丢弃给
一只笨拙的手，粗粝地揣摩体内
日渐颓废的部分，还有让她夜夜不休的疾病

说我们隐藏疾病般不露痕迹的绝情
和身体一样无法卸下的热爱
说我们的命，像爱着一个人一样
像呼啸而过的爱情一样
万般不息

祝福亲爱的眼睛

林迟

脸脏了，眼睛也要干净
身体老了，眼睛也要年轻
永远保持明亮
向外看不见了
就朝内
去看见更美的风景

我祝福你
每一颗亲爱的眼睛
你要永远，美好
如初

清明曲

张采耳

青山还是那座青山
万物睁开了他的眼睛
在山坡上，蕨菜们已经开始老了
烟雾缭绕，香烛在燃烧
冰冷的墓碑又一次被惊醒
这是我的故乡，每年来一次祭奠
而我会埋骨他乡

杀酒

马嘶

从白马山下来，英雄之心没啦
乌江洗净碗底。一碗杀仙气，一碗杀匪气
一碗杀七情六欲

从此，我们是兄弟。白云过境，秋风送辞
往后的日子，只能将现实当做虚构。心不从力

与动物牵手，好过人类
不娇惯肉身，不放浪形骸。都是身居江湖
的人，就不该有出入庙堂的心

掌中有山川，够你种桃花源
酿酒成河如明镜。你看古今千年，世相百态
仍是在河道口轮回打照面

新叶

游子衿

某一年秋天，它飘落过
是因为不停歇的风
还是自身的宿命？当阳光照临
它释放出体内的明亮。思想流经它的脉络后
得到减少，仿佛是深涧水声
惟一的朋友。它利剑般的形状
何时又和一段惊世恋情
建立了联系？当远山的寂静
重新回到它的身上
那一瞬间的剧痛
将促使它枯萎。从秋天
走向春天，这一片鲜嫩的叶子
站在高高的树枝上，如此无畏
向正在腐烂的每一秒钟
点头示意

白菊花

吴乙一

姐夫倦缩在椅子里。刚做完透析的
三十五岁，显得散漫、虚弱
他试图撩开额头上方的秋阳
好让目光，直接穿过栅栏
落在女儿回家的身上

这个季节，许多事物争先恐后地到来
比如围墙上如火如荼的迎春花
比如 1723 的尿毒素。比如
萎缩成两个空火柴盒子的肾
还有一茬茬的菊花，灿烂如雪

爱看《家庭》的姐姐
手脚迟缓地采摘菊花。她对我说：
把菊花晒干了
我做个枕头送给你，治你的失眠

院子里，只有一群鸡在走动
我手中的 DV 开始颤抖
像一个月前，姐夫及其亲人的
颤抖，抱在一起，无所顾忌

姐夫说，你快点把它们摘完吧
等会我就将它们全部拔掉
你们瞧，全都是白色的——

像花圈的菊花。预兆多不好啊
　"明年我要种红菊花，大红的"

　"咣"的一声，我七岁的外甥女
推开栅栏。她放学归来了，一脸笑容

小说

韩东

告别的人一步三回头，
留下的人已开始打扫房间。

她把窗户打开，让清新的空气进来，
打开音乐，挥舞着一根拖把。
她迫切地跳起了拖把的解脱之舞，
已经等不及了，把垃圾袋提到门外。

告别的人看见窗户上那星样的灯光，
那曾是他生命的灯塔，他的太阳。
此刻冷冷的光远去，黑白分明，
夜晚也显示出浪头的形状。

留下来的人孤独，
但是好的。
告别的人沉溺，
不知所踪。

夫妻

李志勇

从阳台望着落雪的小镇，对妻子保持着沉默
雪很轻很白的，来自远方。如果真有来自厨房的蝴蝶
也可能非常的多，非常的红，从锅下的
火焰中飞出来
因为高温，谁也不敢捕捉，不敢喂养
丈夫吃饭时，不知用筷子在碗里默默写下了
多少文字，一天天已接近一本书了
如果不是那些字
他可能什么也无法咽下
此刻，妻子正悄悄读着他写在碗里的东西
在厨房里，一个人哭了
因此有的碗才有了裂纹，有的碗
才有了一种声音，有了一种静默的能力

和婴儿说话的人

张执浩

和婴儿说话的人背对我
坐在小花园的条凳上
我以为她在自言自语
走近了才看见她怀抱里的女婴
这是雨后清明的一日
新鲜的树叶在微风中颤栗
我所热爱的世界已经很小了
现在缩成了一个怀抱
我在怀抱外无限眷念地望着
我在怀抱里"呀呀咿咿"

尼亚加拉瀑布

苏浅

当然它是身体外的
也是边境外的
当我试图赞美，我赞美的是五十米落差的水晶
它既不是美国，也不是加拿大的
如果我热爱，它就是祖国
如果我忧伤
它就是全部的泪水

我想看到自己的背面

翩然落梅

看厌了自己的脸
我努力想看到自己的背面
这真不容易
照花前后镜，反着的她
是扭曲的
而且是虚无的
除非我从自己的体内跳出
当我站在自己身后
我却只看到一座颓败监狱
的后窗
一个陌生女人的脸，冷冷地
正对着我，在黑色、潮湿的栅栏后面

底线

代薇

退无可退还在退
死去的还在死
每一次都发现
原来我们可以承受
更大的伤害
所谓底线就是这样
他们没有
我们也没有

桃林下着毛毛雨

小引

别的地方都在下雪，
只有桃林静悄悄的。
我们该做什么呢？
还是什么都不做。
我倾向于把寂静的事物，
理解成孤独。
桃林的鸟都飞走了，
剩下几间空房子。
那些消失的，
刚好等于剩下的。
那些暮色中的空房子，
并不值得长久讨论。
人须有疲倦的心境，
才能进入冬天。
桃林马上就要天黑了，
这是想都不敢想的事情。

乡村葬礼

颜梅玖

那是一片葱茏的田野，刚下过雨
他和他的祖先将在此相认——
躺进晚年的房间
五月，万物繁盛
杨树叶子闪亮，哗啦啦作响
几只白蝴蝶摆动着它们的翅膀
在嫩绿的草茎上起落
玉米苗已有半尺高
二十四个人，轮流抬棺
步履迟缓
新打的棺木散发出红木的幽香
唢呐声破空而来
追赶着细长的小路
鞭炮的纸屑不时地落在草垛
小路和孝袍上
村民缄默
偶尔轻轻叹息
现在，他安详地睡着了——
在世界的背面
那是他的烟涸
他的纸牌，还有
一副磨得铮亮的铁饼——
那些他生前的所爱之物
都一一摆放在棺头
主事一丝不苟地执行着复杂的规矩

最后一刻，才将沉重的房门关闭
不再和这个世界有任何关联
新堆起的坟冢，洒满了谷粒
鸟雀将会在此愉快地啄食
坟头那片大葱
也会被牛羊细细咀嚼
现在，鲜花锦簇着新坟。几个小时后
它将沉入夜的湖泊

一年蓬

章凯

尽管我们踏于其上，
但唯有大地能包容。

每天的第一道阳光
由它赏且尽得，

不与我们半点。最后一道也是。
那是我们够不到的景致。

——神秘的事物：没有你们
我们该有多么孤独。

——孤独的事物，没有你们
我们该有多么动荡。

致东湖

沉河

我喜欢这一片东躲西藏的水
和它身边敦厚的珞珈山，南望山，磨山
我喜欢这个保持了旷野面目的道场

人世无常，我选择站在水的一边
做个赤子吧！听从阳光与风的安排
醉眼蒙眬，身体像条鱼样轻灵

伙伴

宋尾

我坐在夏日的阳台上，
眺望楼下的密林，
旁边空椅上也躺着一个人；

我投向外界的视野，
有另一双同轨的眼睛；

当我被斑鸠的鸣叫吸引，
他在侧耳倾听；

偶尔我听到他的鼻息，
我知道他在这，和我一起；

他不是我的父亲，他也不是我，
不是我认识的所有人，不是虚无的影子，
他是发生于我身上的误差。

曾经，我溺水时抱过他。
当我从巨大的空洞里爬出来
身边另一块地面也是湿的。

自然的微言大义

商略

疏林与密林的区别
在于枯荣
试着望一望
绿色栅栏之外的落叶林
我们对中年的理解
除了侥幸
别无好的方法

惊心于变化
犹如惊心于不变化
窗口望下去
无人的游泳池
过滤器正垂于池壁
它将过滤掉空气中的
风声和枯叶

一副圆凳长桌
覆盖于另一副圆凳长桌
没有人会在意
曾经于此留下的体温
所以彼此取暖
显得尤其重要

池底的积水微薄
还不够让我们悲伤

除了秋天深处
枝头的，孤伶伶的鸟巢
空虚如隔夜的
冰凉餐盘

病

范小雅

又是一个黄昏，亲爱的
带我出去走走吧
现在地上，该有落叶了
正好我们可以
踩出一些声音
路灯一盏一盏地，也亮了
我们就顺着它的指引
往前走
如果碰见你的朋友，别担心
我会像个正常女人
措辞得体
如果他的孩子也在
我就摸摸他的头
祝他天天向上

白桦林

——我从未到达过，但它们已经成为记忆

杨森君

我终于看到了这一切
午后的白桦林，明亮、静谧
叶子金黄，光而不耀
修长的枝干
仿佛镶嵌在光线中

白桦有些年幼
但已经有了结疤
我在想：为什么树的结疤
像一只只眼睛
它们在看什么

一只消失的蝴蝶不在此列
还没有诞生的另一棵树
也不在此列
在我走过它们时
它们正对着一处空地

其实，空地不空
空地上铺满了斑驳的落叶
情形大约是这样的——
这些落叶
有些止于飞翔，有些不是

多么神奇！
没有谁能搬走一棵树的影子
除非他搬走这棵树
也没有谁能埋掉一棵树的影子
除非他运来黄昏

寒露纪事

杨晓芸

赶早市的人提回拔了毛的公鸡
被掏空肺腑的公鸡
被倒挂
僵硬的脚爪一前一后
保持着奔跑的姿势

这是清晨，她埋头洗葱，准备
一个人的晚宴
鼻子没来由地发酸。冷啊
不是感觉上的冷
是呼吸里的冷。寒风过境
田埂上，稚鸡围着草垛打转，悲鸣
稻草人抖动着，越来越像个稻草人

她越来越像个受伤的母亲
揉着干涩的眼窝，为自然的更替
哀声叹气

身体的秘密

子梵梅

地板上的光斑是干净的
阴影是干净的
树阴挡住强光是必要的
生活最终还是客气的
它端来一碗莲子之心

简单的鸡埘是安逸的
尽管那么多人对活着的技巧
孜孜不倦地探寻
羽毛是丰厚的
毗邻的厄运和幸运彼此交集

我女儿一样的身体
并不屈从于人们对我的灵魂的赞美
肉体只为献给肉体

两块头骨

弥赛亚

我的头骨和我小时候的头骨
并排搁在一起

在潮湿的地下
我遇见了多年前的自己
他显得那么小
牙齿还没长齐
天灵盖的那道缝，至今没有合拢

我与另一个我终于见面了
就像河水漫过了下游的河水
他早早地流向了大海
我留在世上替他多活了一回

他空洞洞的眼窝
从没有鸟儿来筑巢
我漆黑的窟窿
却曾经藏匿过悲喜

我该如何向他描述我的一生
嘴张开但没了舌头
过去的事还残留记忆
我们的肉却消失得无影无踪

我们只能在逼仄的棺材里

挤在一起
骨头摩擦骨头发出声响
青白色的月光下
远方的火车驶过铁轨

凤凰山秋居

飞廉

南宋迄今，凤凰山
落寞了八百年。
这里，荒草终日冥想，
预见了辛亥革命。

六年来，樟木门斑驳，
把时代关在门外。
然而，忧惧与愤怒，
挟裹风雪，在我梦里，

死水微澜。昨夜，
我听见，树叶落在瓦上，
仿佛点了一盏灯。
小院，青石铺地，

民国的残碑，
锁着旧时代的情欲。
晨露清圆，迟桂花暗香
醒酒，我拂扫

桐叶，坦然想起过去
犯下的罪孽。
进屋，陈书满架，
像一列山脉。

大师们日夜
争鸣，视我如草芥，
却一致喜爱
我女儿的笑声。

落日

东篱

我想，老天是仁慈的
在收起薄翼之前，把最后一桶金
倾洒给人间
倦鸟的幸运，在于迷途
在于前方终有一座空旷的宫殿，收容它
承载一切而无言的是大地
包容众多却始终微笑的是湖水
一波、一波地派送，向岸边的沙石
向水中的芦苇以及藏匿的苍鹭和斑嘴鸭
打鱼人收起网
摘净缠绕的水草，将未成年的鱼
放入湖中。仿佛一天的工作，结束了
他坐在船头，安宁、自足
仿佛十万亩湖水在胸中，细微之光
从内溢出

细小的雪

李成恩

我伸出手，好像我握住了冬天的手
她的手细小、冰冷，随时要从我的手里抽出

早晨我睁开眼，目睹了今冬的第一场雪
她好像总是习惯在我熟睡时到来
小时候也是这样，只是离开故乡后
异乡的雪越来越小了，越来越
惊慌失措，我想她下了二十多年
也已经衰老与疲惫

我走到雪地，我找不到雪的温度了
我记得汴河的雪是有温度的
她在汴河两岸冒出新鲜的热气

异乡的雪啊连麻雀也惊慌失措
它们找不到下雪的兴奋，灰尘蒙住
麻雀的脸，它的灰色眼睛里倒映出
变幻的雪景，那是异乡人的幻影

想起汴河的雪景我双眼湿润
人间美景尽在汴河两岸
外公长眠于汴河的冬雪下
我想死去的亲人都会在雪景中复活
他独坐雪景中抽烟，看故乡的船只
破冰航行在旧时的好风光中，冬雪缓缓落下

小叔子的婚纱照

李点

小叔子吴占举是个聋哑人
两年前患糖尿病的妻子弃他而去
两年后他在离婚协议书上
歪歪扭扭地写下自己的名字
2016 年立春之日清晨
我跟他打手势
示意悬挂在墙壁上的巨幅婚纱照
该揭下来了
他指了指自己的心口，又点了一下头
临近中午，婚纱照依旧在墙上挂着
如果足够细心，你会发现
那张蒙尘的大照片已被擦拭一新

黄河

刘年

据说，最残忍的刑罚
是腰斩。受刑者不会马上死
可以看见自己肝胆和热血
以及刽子手的羞愧
可以伸出手去，把下半身扯过来
从裤袋里掏出遗嘱
递给妻子，告诉她
所有的账，都是要还的
黄河，被水泥大坝
拦腰砍断。走近一些
可闻到风中的腥味
袖手旁观。任乌兰布和大沙漠
把落日活活掩埋
这个时代，每一个黄昏都很悲壮
将剩下的半瓶酒一口喝完
跳进黄河，水比想象的要冷淡
肤色和罪恶一样，是洗不去的
胡杨树上，那只沙鸥
叫得很惊恐。可能以为我是屈原
这里是汨罗江

自画像

王单单

大地上漫游，写诗
喝酒以及做梦。假装没死
头发细黄，乱成故乡的草
或者灌木，藏起眼睛
像藏两口枯井，不忍触目
饥渴中找水的嘴。
鼻扁。额平。风能翻越脸庞
一颗虎牙，在队伍中出列
守护呓语或者梦话
摁住生活的真相
身材矮小，有远见
天空坍塌时，想死在最后
住在山里，喜欢看河流
喜欢坐在水边自言自语
有时，也会回城
与一群生病的人喝酒
醉了就在霓虹灯下
癫狂。痴笑。一个人傻。
指着心上的裂痕，告诉路人
"上帝咬坏的，它自个儿缝合了"
遇熟人，打招呼，假笑
似乎还有救。像一滴墨水
淌进白色的禁区，孤独
是他的影子，已经试过了
始终没办法抠除

一豆灯光

徐南鹏

我推开窗 不是要让风进来
我对面的椅子空着
这只是暂时的。一条路
在夜色里伸延
穿过平原、河流，来到山脚下
并不为你所见
它沿山坡曲曲弯弯通向山巅
在那里，你借着满天星子
一眼就能看见
远处的一豆灯光
这里是人间的温暖

在那拉提

离歌

在那拉提
我愿不顾羞耻地躺下
就地与天山野合
来年生下
和山坡上的野花
一模一样的
小美人

在那拉提
在天山脚下
一个女人不曾受孕
备感羞耻

悬

孤城

落笔前，忽然犹疑。是不是该写下：
我这一生

一滴墨水，就快要抓不住
餍足的羊毫
绝壁悬崖上，一个眼看着就快要抓不住的人
那种泫然的样子
该怎样描述
烟云掩饰谷底的皑皑骸骨，低处是
今生来世的淡墨家村

宣纸上的忧伤，在一滴水墨汹涌的内心
提前晕染
一张宣纸，几乎失声惊叫
几乎就要飞起身来
去接一个
眼看着就快重重坠落的人

简单

秋水

春水在春天涨于溪
秋水，在秋天归于海

一切简单或倾向于简单的事物
正走向我

它们耐心地
在一些使者的唇边等了我很久

我说，我还没去过
你答，空了来

我又说，生活让我进退两难
你便答，一切会变好

狗在拱水

这样

和青稞面的洛桑阿妈出了卓仓
狗在地板上拱水

穿松巴拉木的洛桑阿妈
要去遥远的郎木寺，过雪顿节
一条小黄狗在水泥地板上
向一条鱼拱水

念六字真言的洛桑阿妈过了拉萨河
到了白龙江源头
鱼离开了源头，躺在水泥地板上
没有力气翻身

转经筒的阿妈上了华盖山
小黄狗向鱼的鳃片，鱼的尾巴上拱水
小黄狗用嘴亲了亲鱼的嘴

磕长头的阿妈进了郎木寺的大殿
鱼已经死了
小黄狗呜呜地叫，呜呜地叫

阿妈阿妈，鱼已经死了
小黄狗在叫，阿妈您走快一点
鱼已经死了，小黄狗还在拱水

活着

宫池

并不描写死亡，我热衷活着
黏合秒针。零点——跨列小时跨列分

南来北往
生得平凡

擦去动词，也擦去名词，并且推开它们
我还是爱我的，即便我和我无从交谈
目的会是方圆，抛开宇宙，真实点
一亩稻田

临近温度，四季在说，什么
我没有听见：枝、喜鹊，艳阳的
一刻与地方吧
可靠的、动摇的、一息的

我的、谁的，等等
——再叙述

追问

梁书正

那些伸出来的脏兮兮的是我的手吗
那些跪着匍匐着祈祷着的是我弯曲的身影吗
那些在黑夜里无法抑制的是我的哭声吗
那些从尘埃中努力抬起的是我悲伤的头颅吗
那些面朝尘世孤独站立的是我
永恒的墓碑吗

前妻

李晓水

那天你经过我门前
那天我们十分无聊
那天我们正在喝酒
那天我们把你拉进来
那天我们把你灌醉

那天一晃就是十几年
那天我对你说
嫁给我吧，我烦透了
那天你说：好
那天以后我们就结了婚

那天已经不可逆转
那天以后我们就生了儿子
那天以后我们就失去了热情
那天以后我们就离了婚
那天以后儿子就没了娘

很多事情都发生在那天
居然没有一件可以从头再来
那天以后我们就不再联系
那天以后我又娶了老婆
那天以后你也嫁给了别人

呆瓜一发呆，世界就来了

立杰

呆瓜一发呆，世界就来了
呆瓜总是和别人想的不一样

呆瓜看到这些米粒
米粒便屏住了呼吸

呆瓜喜欢天然的香气，喜欢花朵
但不是每一朵花的。有的让呆瓜晕菜

呆瓜喜欢的是米花这个一般人想不到
呆瓜喜欢看米在锅里开花开心地跑小嘴打开吹泡泡

锅在火上也不觉得是受煎熬
就是因为锅里有米，要开花，要开心地跑

跑的香气到处乱窜，有的跑到墙缝里藏，不出来
呆瓜还看它们毛茸茸的结成水珠挂在自己的睫毛上

喜悦

宋清芳

赶在下雪前，把花开完
赶在燕子南飞前，收拾粮仓
赶在时光闭合时，深爱炊烟和亲人
赶在海啸、地震、龙卷风前
减轻自己

溺水的时候睁眼看，纠缠的水草正团团荼蘼
点灯的时候闭眼，默念心经几回
守着无数夜晚，不断失眠
不断打开自己，和月光汇合

赶在爱前爱，赶在翅膀前飞
赶在我离开我的时候
悄悄地喜悦
杨柳枝、大悲咒、莲花灯
一字排开

六月，榆树沟

宋旭

河槽空阔
牧羊人正赶着一群羊
翻越一座山梁

靠近沟底的土垣上
一只黄鼬探出头来
敛神伫望

对面的坡地上
种着些黑豆，胡麻，软高粱
手拿薅锄的女人
直了直腰身，又蹲下……

她的身后，一群麻雀
勾绘出的一次飞翔
一些水，抱着各自的浪花
汩汩地流着

春天里的闲意思

李少君

云给山顶戴了一顶白帽子
小径与藤蔓相互缠绕，牵挂些花花草草
溪水自山崖溅落，又急吼吼地奔淌入海
春风啊，尽做一些无赖的事情
吹得野花香四处飘溢，又让牛羊
和自驾的男男女女们在山间迷失……

这都只是一些闲意思
青山兀自不动，只管打坐入定

在米易撒莲的山冈上

龚学敏

在撒莲的山冈上。羊子散漫，是仙人们说出的话语。
身着春天的女人，会巫术，怀揣要命的梨花帖。
须是上午。我用花白长发中发芽的阳光，勾画山色。
朝代依次铺开，我却不在。

梨花们沿山势，长成三国的缟素，有诸葛的唱腔。
偶尔节俭的桃花是给我执扇的女人，在现时，
弱不禁风。我惟一的转世，是撒莲的山冈上，
中了梨花蛊的孤王。
哪一个春天是我救命的解药？那送药的女子，
想必是上好的药引。

在撒莲的山冈上。拖拉机在山谷里冒着骨朵。
梨花从最隐秘的手势中分娩出可以用来安身立命的村寨。
谁在喊孤王？
在撒莲的山冈上，一支开满梨花的箭已经到了我的生前。

光从上面下来

世宾

要相信这大地——疼和爱
像肉体一样盛开，绵绵不绝
要相信光，光从上面下来
从我们体内最柔软的地方
尊严地发放出来

大地盛放着万物——高处和低处
盛放着绵绵不绝的疼和爱
盛放着黑暗散发出来的光
——光从上面下来，一尘不染

那么远，又那么近
一点点，却笼罩着世界
光从上面下来，一尘不染
光把大地化成了光源

小镇的哥哥

余幼幼

哥哥不在了
跑到小镇做了丈夫
应该也做了别人的爸爸

哥哥已经不尖了
被削得圆圆的，住在小镇
样子一定很憨厚
哥哥已经不硬了
软软的，妻儿才会安全
哥哥已经不扁了
鼓鼓的，像日出日落
融进生活的大海
宛如浪花
推幸福靠岸

最优秀的诗篇

熊焱

再大的字，她也不识一筐
再经典的诗篇，她也不曾翻阅一卷
这一生，她从不懂得意象和节奏
更不懂得语感和结构
她只知道要在春分后播种，在秋分前抢收
要在繁杂时除草，在荒芜时施肥
几十年里，她种植的一垄垄白菜、辣椒和黄瓜
比所有诗句的分行都要整齐有序
她收获的一粒粒玉米、大豆和谷子
比所有诗句的文字都要饱满圆润

三亩薄地，是她用尽一生也写不透的宣纸
在她的心中，偶尔也有小文人燕舞莺歌的柔腔
有大鸿儒指点江山的激扬
可胸中太多的话，她从不擅于表达
只有一把锄头最能知晓她的诗心
只有一柄镰刀最能通达她的诗情
她以掌心的茧、肩膀上的力
把土地上的每一缕春天的绿，每一抹秋天的黄
写成了粒粒生动的象形会意，和起承转合的语法修辞
全都在字里行间奔涌出波澜壮阔的诗意
那些种子破土的声音、麦苗拔节的声音
稻子灌浆的声音、豆荚熟透时爆裂的声音
与满坡的风声、蛙鼓、虫吟，以及牛哞马嘶
一起押最动听的韵

这就是我的母亲,我们乡下的母亲
我们的穷苦的农民的母亲
她不是诗人,却写下了一个时代最优秀的诗篇

没有比月亮更好的理由

梅依然

一个物体
为着圆满而照耀
来自古印度的黄金陶罐
倾倒出白银的汁液
凌晨两点
一个女人关在
自身不明意义的房子里
光的缝隙中
丛林、峡谷、海洋与花园之间
潮湿而闷热
鹅卵石小径如同一条眼镜王蛇
爬向另一片海滩
微妙：往往存在于
一个动物园里的两个物种
而遗留在沙滩的贝壳
为我们提供了特殊的美
粗糙而光滑
海浪退下又涨起
一次又一次
像我们褪色的激情
它要把整座大海洗劫一空
而我惟一的解释：
在之前或之后
都缺少一个男人赤裸的身体

晋国山有一只大鸟

帮主

埋首山野多年
餐风饮露 席地被天
早练就七分道骨

大雪封山的时候
旧苞米酿的土浊酒
可作最暖的毛羽

我曾与你彻夜对饮
醉醮后总是担心
你会肋生双翅突然飞走

酒醒后又会摇头轻叹
你的一饮一啄
都有动人的悲喜
这片山梁才是你抓握最紧的枝干

一个有霜的早晨

郭晓琦

浓浓的霜雾压下来，崖畔上的枣树
将佝偻着的身子
向下又弯了一下
这些正好被我看见——

我还看见，它把枯黄的叶子
一把又一把
抛撒给经过的西风，纷纷扬扬地飘
仿佛是在抛撒
堆积在身体里的忧伤——

这时有出殡的唢呐响起
一个小男孩，喘着粗气从我面前跑过
他披着白孝衫
披着这个冬天的第一场白霜
他还小，他的伤心并不怎么明显——

我不知道笑什么

苏美晴

我的小情人，爬到窗台上
他咬着嘴，努力地往外看
我让他回到我的怀抱
那里有两只温暖的乳房
他只是瞥了我一眼
太程序化的爱，让他感觉厌烦

我也爬到窗台往外看
跟他一起吮吸着手指
窗外，迎春刚刚开放
春风刮得没有秩序
一只塑料袋，在天空飞转
我的小情人，看着看着
张开缺齿的嘴大笑

我也跟着笑，但我不知道笑什么

夜把夜照亮

黄昏

光明站在光亮的地方
把一切背对自己的东西
视为黑暗。包括——
理想、信仰、生活习惯

我习惯在黑夜里阅读
思考，搬弄一些笨重的文字
我的许多生存的技巧
都在黑暗中获得
就像钻木取火，黑暗是
藏在木头里的火种

黑暗它可以是一种力量
站在离光明很近的地方
等待点燃，直到
夜把夜照亮

误入女监车间的鸽子

莫莫

从左飞到
右，从右飞到
左，撞向
又高又大的玻璃窗
一次，再一次

阳光，插进来
铁栅栏投在
鸽子身上
它看上去像一只
身着斑马纹囚服的怪鸟

情敌

湘莲子

她竟然从五颜六色的衣服中认出我家阳台
她竟然在我家楼下直呼我的小名
她竟然从裤袋里摸出我还爱吃的红姜糖

为一封我不知道的旧情书
他们吵了快 30 年
这个陌生女人和她陌生的男人

我的宁夏我的借口

陈崇正

浑浑噩噩地活着，看不到边沿，看不到底
凌空，看着羊群跟随着母猪走远，想飞，骨骼已经变脆
有什么办法，你来的时候，我已经认识了所有的风景
有什么办法，如何去回忆和记录。没有什么会被改变
只要金龟子依然不死。你坐在那一年的雨声中，我听见的
你都听见了，而我想说的，你都别过脸去一脸茫然

草砌成的世界，火变得猖獗，老鼠和黄牛遍地
这是你所爱着的一切，剪刀在手掌中间移动，该得到的已被取走
你那样瘦，我还依然爱着那辆破旧的单车，你那样瘦，像童年
我得转变，或者转身，这个季节所有的借口都已经成了雨
不用说出口却已经淋漓尽致，擦干净吧，擦干净吧

冬天来了

罗瑜平

早上六点的滨江路，只有落叶在跑
偶尔的行人，把风挡在耳套外
急匆匆的小河，千年来脾气一点都没改

大爷大妈牵着小孩，在中午十二点以后出现
小摊小贩喊破嗓子，抓着一天中两三个小时的商机
一辆救护车呼啸而过，揪紧了人们乍暖还寒的心

天没黑，灯光就出来了
几家贴着转租广告的酒店，人去屋空
大病初愈回家的妹妹说，冬天来了

问题

曹东

在夏天睡去，在秋天醒来
一定醒来。
醒来又怎样，整个宇宙都是假的
很有可能，我们生活在一个虚拟世界
人类都是虚拟的，不过是一组
又一组数据
不断刷屏，黑屏，关机。
就算是假的又怎样，我们还是
要为生存奔波
即便真是假的，你走到街上
告诉别人这个世界是假的
结果只会被报警
抓到疯人院治疗……
不过没关系，那也只是虚幻的治疗

隐痛

冉仲景

河瘦了
树黑了
菊花妹妹出嫁了

鸡飞了
蛋打了
锅锅碗碗全哑了

又秋了
又冬了
路给大雪埋住了

小人书

夏午

我还小。
我等不及，长大后
才去爱你。

栀子花在昨天夜里，偷偷开了两朵。
我也要趁天黑下来，大海熟睡的时候，
偷偷地，去看你一眼。
譬如花前月下，卿卿我我。
譬如斗转星移，你追我赶。
我曾爱流浪的三毛，想做他的小妈妈。
也曾暗恋西厢，仿莺歌燕舞，无事度芳春。
还曾借一柄手电筒的微光，闹翻了天宫，
赤着双脚，急急奔向人间；只为了
多看你一眼。

现在，我不小了。
我还是等不及。我怕
你老了，我还很年轻。

写不好就不写了

武强华

写不好就不写了
写了这么久，还是那个低头走在人群里
看见乞丐就望向别处，手在口袋里摸不着底气的人
还是那个按部就班，在领导面前低眉顺眼
摁住良心，爬在电脑前为文山会海制造讲话和数字的人
还是那个整天围着锅台，走不出去，只能在油烟中幻想远方
一日三餐嚼着稀饭馒头、白菜土豆和面条的人
还是那个逆来顺受，内心煎熬，恨不敢恨
爱不敢爱，想一个人却不敢给他写信的人

写不好就不写了
从明天起，做一个单纯的女人
关注服饰和容颜，屈从身体和欲望
写不好就不写了
四十不惑，到那时如果还不能从文字里抠出自己
就把爱情还给男人，把尊严还给汉字
撕掉画皮，重新做人

命

离离

墙角长着的小野花
开了
那是她的命
开不了
那是季节给了她
另外一种命
我看见她的时候
她已经是紫色了
不知是不是
她想要的颜色

高领衫或好的事物躺在石阶上

宇向

一个好孩子
不肯收回证词
一群坏孩子便去了
他的房间。锁上门

好孩子皮包骨头
没力气。手腕像铅笔
是不是所有好孩子都这样
被逼到角落。面临绝境

我暗自喜欢他很久
我不怎么认识他
所有好孩子都孤孤单单
远远坐在教室另一边
不站起来背课文
不到前面的黑板上演算
仅有一次，为了见花匠的女儿
他开口向我借高领衫
他一开口，我惊讶万分

我听到好孩子的房间里
有东西掉下去
像是箱子、书、桌子掉下去
像是一个人掉下去
我跑下去

好孩子躺在石阶上
牙齿、鲜血哪儿都是
身上穿着我的高领衫

注：此诗取自塞林格《麦田里的守望者》。

秋天

工兵

在一个岔道口
我斜倚在摩托车上
和人讲着话
一转身
看见对面的
梧桐树上，叶子
正往下掉
树在轻轻的摇动
它右边的叶子
一片一片，落下来
像一双双看不见的手正
把她们轻轻地
摘下来
多么美好啊
我转过身，突然
感到一阵慌张
我两手空空
看到另一边
的叶子
也开始往下掉
一下两片
一下十片
一下二十片
一下一下
很快，树上就干净了

现在只剩下
枝条，在风中
摇来摇去

在圣方济各圣堂前

沈浩波

我喜欢那些
小小的教堂
庄重又亲切
澳门路环村的
圣方济各圣堂
细长的木门
将黄色的墙壁
切割成两片
蝴蝶的翅膀
明亮而温暖
引诱我进入
门口的条幅上
有两行大字
是新约里的话
"耶稣说：
我就是道路
真理和生命"
我想了想
在心中默默地
对耶稣说：
"对不起
这句话
我不能同意"

太阳出来了

李晖

太阳出来了，几天来降下的雨
又陆续回到了云上

新买的鞋子长出霉绿的菌斑
一个茂盛的微观的森林

巷子里一家人摆出了花圈
死去的人我还没认识

伐木

方楠

母亲站在齐腰深的河水里
父亲伐倒的圆木
从上游下来
母亲用力推拉手中的竹篙
丁状的铁头
将圆木重新送入流水
母亲一直走着
像一个护送山洪去往长江和大海的人
我们在地上奔跑
摔倒了再爬起来
圆木在流水里，云在天上
群山从高处俯视着我们
我们越过老虎和父亲的肩膀
长成一片新的森林
我的母亲，一直守在水边
我的父亲，一直守在山上

弦月

陈虞

弦月像斧子上的寒光
星星退到一旁
夜色中
树丛在风中交头接耳
一只鸟被惊起
向空中抛出一根绳索
屋里的灯光如豆，弦月
可是我握不到它的把柄

但仍然

苏省

有些灌木没能忍过冬天，但仍然扎根
寸土的故乡
西风歇，众鸟归。但仍然啁啾欢畅，高枝熙攘

世间的丧失何其相似
比如我在林中徒费光阴，猜度生死
而流云滞缓，但仍然为我无获的一日遮去一缕光

我也热爱春雷春雨，春风得意马蹄疾
也在寸步的路径反复悲欣，新枝旧叶有思量
但仍然乐意偶尔的踉踉跄跄

桂花，以及月亮

潘维

一

那些天，
几乎是非法的，
孤独得没有社会。
随时可以潦草地提起旅行箱，
把站牌一块块扔在身后，
像一个零，不需要目的地。
听见雨水垂青额头的声音，
听到桂花树的咳嗽，
便哭了。
赤脚踩着泪水的滋味，
只有疼痛才懂得，
它的成分包括：玫瑰、没药和龙涎香。

二

水光在擦洗西湖的银盘；
垂柳撩开豹的眼帘：
动物园散发出江南睡莲的气息。
我呆呆地看着月亮，
把惟一的馅：中秋，
裹在里面。
人人都能品尝到
对家和乡土的挚爱；
其实，这种情绪与蝈蝈并无太多差异，
当它金属丝般缠绕城墙废墟，

无理由地吵闹，
它的血缘信仰也仅仅是渴求圆满。

金色池塘

沪上敦腾

池塘干了，鱼是用来观赏，
烹饪，还是腌制？
那根形而上的刺卡在鹈鹕的喉咙里，
叔本华穷尽一生也未能拔出。
宛若门闩。烈士的剑，摆渡人的桨，农夫的锄头，
具象的器——
只能烂在对应的事物中，
不能越雷池半步。作为世界的表象，
昙花是令人佩服的物种，
它主动放弃中晚年，
先于死亡抵达自由意志的彼岸！
鸟在寻找鸟笼。鱼在享受记忆的七秒钟。
在岸边，我们集中精力造塔，
供神，并不急于游泳。
完成一生中荣耀的部分，太阳当午，
我们触及什么，就破坏什么，
金色池塘的碧波仅供暮年疗伤，不供挥霍。

秋天的早晨

陵少

窗外转瞬掠过的草垛
隐藏着你不知道的露水
穿旧毛衣的妇女
在潮湿的田垄里劳作
被时间耗损的面孔
有我杯中的恨色

白桦林、小松枝
这渐渐退去的旧景致
并没有改什么

我在动车上
读《那卡》

民谣唱不出的干净里
是石头一样的灵魂
就像这个秋天的早晨

我们一家都生在河边
——为吾儿摩西百日而作

阿吾

孩子，这个傍晚
爸爸不能不想起你
一百天前
你出生在怀卡托河边
每当我想到这里
双眼像河流一样潮湿
你长大后会知道
我们一家都生在河边
爸爸的那条河叫长江
妈妈的那条河叫黄河
哥哥的那条河叫珠江
你的那条河就叫怀卡托
求神带领你
就像带领摩西
求神带领我们一家
就像带领每一条河流
孩子，有一天你会明白
我们一家为什么都生在河边

远

白沙

孤独的人不停地爱上风，爱上
被根茎分岔
又一再否定的存在

要有光
要在礼拜五之前，把汗流完，守空心斋
要赤身裸体，
像穿过针眼那样，走过神的庭院。
匍匐，镇定
祈祷微风、春泥和燕子，轻说彼岸和永不抵达

要噤声
把甬道里最后一盏灯熄灭，遗下空
逼出内心的懦弱，冥想原罪和救恩。

黄昏来临前，神啊，允许他们哭个不停吧。
允许他们活着，并且脆弱
允许他们横陈
在任人踩踏之后，成为麦加。

母亲的移动菜园

陌上花

母亲真的老了，比如
她所种的菜地，面积越来越小
距离家门口越来越近
现在已经移动到门前的那棵小紫薇树旁边，像要挤走它一样
我们撒籽栽种时
风吹，紫薇花絮也飘落菜地一层
花那么美，而我低头，沉默
好像一棵棵小紫薇树已经占领了它

庭院深深

夏杰

扫帚不停打起哈欠
一盆水摇晃着，从梦境睁开眼睛
满口白牙吃完了黎明最后一点力气

或许，用尘土展开想象会比较好些
院子穿好衣服
这些近乎隐匿的触角，使母亲飘出一天的图景

时光还是有些用处的
炊烟拔高了诸多的可能，谁的一声咳嗽
特制一段撒娇，使黎明增添一道皱纹

哦皱纹
如弄堂或者，炊烟，几十年修缮
会突然间，浑身乏力

清晨

吕小春秋

我感到美好和喜悦，
当鸟儿在窗外唱响。
有时是细雨。
有时是斜斜的初阳的光照。
有时，窗玻璃上凝结着冰花。
如果闭上眼睛，绿色的草地会飞奔过来
洁白的羊群会飞奔过来。
但也有些时候，阴霾遮蔽了天空。
而我仍然是欢喜的。
我曾渴望获得的力量
正在我体内蓬勃。

女人

李浩

你说老鼠咬死了你的种鸽，
猫也是鸽子的天敌。
你说你知道用水泥灭鼠，
你的脸下垂你在打针。
你说剩下的鸽子天天下蛋，
也不会有好日子过。
你说你绣的花你做的鞋
你的儿子你的爱情，
你的屁股你的胸在木板上
你说肥胖的跳蚤躁动。
你说你网游的老公你们的法律
你的婚姻一南一北。
你说你有一口始终中立的深井，
暗涌贵族的血统。
你说你嗓子里的那座黑山，
是你从胎盘上剜掉的
那块少女的肉，
你说着你父母对你的爱。
你总是让你年轻的嘴，
对着臭水沟对着猪圈对着室外公厕。
你说春天来的时候
你会穿着长裙翻翻菜地
种些洪山菜薹茄子油麦菜
上海青小葱韭菜，
你说你刚种完蒜苗菠菜

211

萝卜芹菜，你说你很寂寞
你的儿子使你与寂寞之间保持着
零度的童话与神话。
你说夜晚你的双腿总是
夹着一场埋葬干枝枯叶的雪。

早安

黄春龙

天神开光后，八婶按照她的程序：
淘米、下锅、点火、添柴草，然后放鸡
与牵牛的九爷们扯西方
神奇的云气及天象
生物们安静，疲倦是否未消退
让早起的乌鸦得逞

这些片刻该是八叔的时光：
浇菜、巡田、灌水、偶尔粗暴两句农夫的生计
对山岗上醉酒的老朽们叙话
阿娇家的千金提前一个时辰哭闹着落地
八婶颇显不安：翠翠，召爷爷来
翠翠入屋许多时，不能把祖父唤醒

对这个世界保持足够的敬意

木叶

是的，一不小心说出了"世界"，我
因此懊悔。不知道"世界"究竟在哪里，如果
它知道我此刻在冒昧地陈述它，会不会

如同那棵浑身挂满了已经发软的果实的梅树，
耷拉在院子里，泛着无边的青气。蓝天之上，飞泻的阳光会不
会想到要对谁
保持敬意，在这个夏日的清晨

刺刺地射过来，尺度如此精准，使得我正好可以忍受
投射在地上的、一些事物的阴影，它们
看起来如此真切，又如此的失真，正如我

令人沮丧的、关于"世界"的叙述，正如门卫日夜看守着的这
个宁静院落，
正如育慧西街，正如延伸于此的
这座城市四环之下的地铁。

微词

雁无伤

有时真会生气。
跑累了，
找不到凳子，
就生气。
明知过几天就会消。
还要生气。
且不遗余力。

千万不要来看我。
我很忙，
忙着躲墙角。
忙着和毛衣混在一起，
噼啪，噼啪，
打漂亮的蓝静电。

爱你

李茶

我用天的品格爱你
哪怕只爱一天也要爱

我用我的寂寞爱你
哪怕只爱半天也要爱

我用我的眼泪爱你
哪怕只爱半天的半天也要爱

我用我屋里铺的陈旧地毯和脆弱的垃圾桶爱你
我用从早市买回的香菜、萝卜爱你
我用我爱吃的鱼和熬的玉米粥爱你
我用我包的饺子和擀皮用的擀面杖爱你
我用刷马桶的刷子和我穿过的旧鞋爱你
我用我接水的脸盆和咬过的苹果爱你
我用我的失眠和烦躁的情绪爱你
我用我的憔悴和善良爱你
我用我生过的病和留下的伤痛爱你
我用我熬过的夜和我写下的文字爱你
我用我逐渐衰老的容颜和脸上的皱纹爱你
我用我瘦弱的躯体和正在塌陷的乳房爱你
我用我冰冷的脚和发烫的手爱你
我用今天下过的雨和寒冷的天气爱你
我用北京的秋天和正在飘落的银杏叶爱你

我用恶毒的雾霾和可怕的梦爱你

——我用活着爱你

尊严

阮洁

快过年了
患白血病尿毒症的孩子
忽然多起来

跪着的脸孔无悲无喜
地上躺着不同名字的病历

每一次路过
我的脚几度停滞，又迅速离开

今天终于停步
对一个眼神干净的少年
伸出右手
他怀抱吉他，歌声很好听
薄薄的纸片上，躺着他如花的妹妹

他是唯一的
没对我弯下双膝的人

冬天

唐允

很多年前，在家乡偏僻而冰凉的荒地
我的伙伴对我说
她不想读书了，现在我清楚地记得
她长了雀斑的脸闪烁
一抹严肃的潮红，我记得她那种
迥异平常的声音
以及沉默，在沉默中被风吹动的草丛
像要起身去往远方
我不记得我说了什么也不知道
她此后过得怎样
我只记得那片荒野和荒野中的我们。
那一刻的风吹。
像心事重重的父母经过我们身旁。
不知为何，
这成了我对冬天的固有的印象
一到年尾，天气变冷，
我就会觉得有人
又要对我说出我不愿相信的事情

发野广告的妇人

陈恳

妇人手中的野广告无非是
专科医院，代开发票，售楼
无非是新开业的餐馆、药店
她在超市门口，在红灯路口
在人群密集处围追堵截
她细碎的步伐和佝偻的身影
多么像一头驴
那些高傲的车辆，那些冷漠的眼神
那些冰冷的高跟鞋
是厚重的石碾
偶尔伸出的手啊
是小小的磨眼
她喂进医院，餐馆，药店，喂进
一张张小小的卡片
将它们小心地磨成
养家的麸子面

调动

唐绪东

秋日阳光正好，不偏不倚
射在两个民工脸上。铁锹和锄头翻晒
雨过天晴的黏土，在他俩掘进的姿态里
探寻根部的汗水里，就好比一个人
我前所未有的感受到
一种突兀。作为树，挖的同时才觉得碍眼
有人说，树有风水树，我不知道
只明白人有人际关系

掏出的土垒成小丘，等待回填
而树只等待吊车来提起，并安插到属于
它的位置。或者是小区里
或者是其他什么地方
比如说加入进行道树的队列，遇雨撑伞
逢阳遮荫。那等待重植的
是桂花，香气馥郁，且不温不火

其实原本是两棵树
一直携手并肩站在那里。风迎来送往
吊车来之前倒了一棵，远远看上去
就是一棵

日子

汪诚

拾贝人

南海边，赶海归来
偶问这位拾贝人，多大年纪
"孩子，给我过生日吗？"
"我干这活，可有一百年了。"

猛然信了。她说的是真的
不用再尝试
那夕阳辉映的海水

小苏

走进渔村，我才知道到了
小苏，被海水亲吻过的红土地
依旧长满了果实

木瓜、石榴，还有那菠萝蜜
被飓风生生地贴在菠萝地海
亲热不离

渔家

渔家的海鲜，摆满了小院
马友鱼，还有蟹虾

主人的黝黑，难掩面庞的羞涩

说如没有台风

会更多

图书在版编目（CIP）数据

诗同仁年度诗选 / 仲诗文主编. —— 南昌：百花洲文艺出版社，
2017.5
ISBN 978-7-5500-2168-6

Ⅰ. ①诗… Ⅱ. ①仲… Ⅲ. ①诗集－中国－当代Ⅳ. ①I227

中国版本图书馆CIP数据核字(2017)第072522号

诗同仁年度诗选 （2015—2016）

仲诗文 主编

出 版 人　姚雪雪
责任编辑　黎紫薇
装帧设计　九歌传媒（深圳）　曹川
出版发行　百花洲文艺出版社
社　　址　南昌市红谷滩新区世贸路898号博能中心一期A座20楼
邮　　编　330038
经　　销　全国新华书店
印　　刷　深圳市德信美印刷有限公司
开　　本　889毫米×1194毫米　1/32
印　　张　7.5
版　　次　2017年5月第1版第1次印刷
行　　数　5500行
书　　号　ISBN 978-7-5500-2168-6
定　　价　48.00元

赣版权登字　　05-2017-100

邮购电话　0791-86895108
网　　址　http://www.bhzwy.com
图书若有印装错误，影响阅读，可向承印厂联系调换